ミステリ・アンソロジーⅡ

殺人鬼の放課後

ミステリ・アンソロジーII

殺人鬼の放課後

恩田 陸　小林泰三
新津きよみ　乙一

角川文庫　12322

CONTENTS

扉イラスト／藤田新策
扉デザイン／岩郷重力＋WONDER WORKZ。

ミステリ・アンソロジーⅡ

殺人鬼の放課後

水晶の夜、翡翠の朝◎恩田 陸

■恩田陸（おんだ　りく）

1964年宮城県生まれ。早稲田大学卒。1991年、第3回日本ファンタジーノベル大賞最終候補になった『六番目の小夜子』（新潮社）でデビュー。以後、さまざまな素材を独特の舞台設定の中で展開し、SFやミステリーといったジャンルを超えた、新しいスタイルのエンターテインメントを発表する。謎と奇想で異世界を呼び寄せる魔術師。近年、『六番目の小夜子』や『光の帝国』（集英社）などが、次々と映像化される。

他に、『ドミノ』（角川書店）、『黒と茶の幻想』（講談社）、『ライオンハート』（新潮社）、『月の裏側』（幻冬舎）など。今回の短編と同じ舞台、同じ登場人物が活躍する作品に、『麦の海に沈む果実』（講談社）がある。

湿原《しつげん》に再び初夏が巡《めぐ》ってくる頃《ころ》、ヨハンは退屈《たいくつ》していた。

この学校に来る目的のひとつであった、素晴《すば》らしいスコアのコレクションもほとんど暗譜《あんぷ》してしまっていたし、イギリスのエージェントを介《かい》して少しずつ自分の曲を売り出し、学費と小《こ》遣《づか》いを賄《まかな》うくらいの著作権料を稼《かせ》ぎ出すようになっていたのだ。著作権ビジネスにはまだまだ研究の余地がある。もし自分が父の跡《あと》を継《つ》げなかったとしても、自分をそこそこ養っていくらいはなんとかなりそうだ。

将来の準備は着々と進んでいる。この学校にいるのもあと一年くらいだろう。

だとすると、いかんともしがたいのはこの退屈さだ。スコアを読み、高校をスキップして大学受験資格試験の準備のため、あるいはこの先の人生で役に立ちそうな知識を吸収しながらじっくり雌伏《しふく》の時を過ごすのに、確かにここは最適の場所だったが、十五歳の少年にとって、あまりにも刺激《しげき》がなさすぎるのもいかがなものか。

ここは優雅《ゆうが》な檻《おり》。中で腐《くさ》るかどうかは、本人の心がけに掛《か》かっている。

彼の重要なパートナーである少女はこの早春、一足先に学校を去ってしまった。今度会う時は、彼女の才能は自分以上に開花していることだろう。その時のことを考えるとワクワクするが、しかしまずは目の前のこの退屈さを何とかしなければ。

彼はぶらぶらと校内を歩いていく。今日は土曜日。そして、彼は校長の家のお茶会に呼ばれている。

午前中は雨が降っていたが、午後になって晴れた。校長の家に向かう長いアプローチの途中《とちゅう》からも、青く萌《も》える湿原が見える。一年の半分が冬と言ってもよいこの北の地で、水が温《ぬる》み、なおかつ空の色を映して宝石のように輝《かがや》くこの季節は、この狭《せま》い世界が一番美しい季節である。いつもながら、よくこのような陸の孤島《ことう》に学校など作ったものだと感心する。ここには金持ちだが訳ありの生徒がひっそりと全寮制《ぜんりょうせい》の贅沢《ぜいたく》な暮らしを送っていた。

憂理《ゆうり》に言わせると、生徒は三種類に分かれる。『ゆりかご』は超《ちょう》過保護で世間の荒波《あらなみ》に当てたくない生徒、『養成所』は芸術やスポーツなど特殊《とくしゅ》なカリキュラムを必要とする生徒、そして最も多いとされる『墓場』は、文字通りここから出てこないで欲しい生徒。これはあながち冗談《じょうだん》ではなくて、実際、ここではよく生徒がいなくなる。教師は転校したと説明するのだが、本当のところ、息をしていない状態でここを出て行ったのではないかと多くの生徒が心の底で疑っている。それが、この退屈な生活に奇妙《きみょう》な緊張感《きんちょうかん》を与《あた》えていて、ただでさえ妄想《もうそう》を培養《ばいよう》しそうなゴシック風の古めかしい建物に不気味な影《かげ》を落としていた。

天使のような容貌《ようぼう》を持ったヨハンは外見に反して極《きわ》めて現実的な少年だが、その彼ですら、時々得体の知れない気味悪さを感じる時がある。

場所が悪い。

彼は遠く浮《う》かぶ尖塔《せんとう》を見上げながら考えた。

この学校が建造された湿原の中にぽつんとそびえる丘《おか》は、もともと先住民の遺跡《いせき》があった場所だというではないか。そんな場所に学校なんかを作る方が間違《まちが》っているのだ。自分は決して迷信深くはないが、場所というものの持つ力は甘く見てはいけない、と彼は思った。

「ヨハン」

ふと、後ろの方で彼を呼ぶ声が聞こえた。

彼が振《ふ》り返ると、この三月に転校してきてファミリーに加わったジェイである。ここでは、中学・高校合わせた六学年を縦割りにしたグループがあって、それが『ファミリー』と呼ばれる生活共同体なのだ。

ジェイはヨハンの二つ下。やや繊細《せんさい》さと内向性が目立つものの、ヨハンに劣《おと》らぬ美しい少年だ。ここは多国籍《たこくせき》の生徒が多いが、彼もハーフらしい。焦茶色《こげちゃ》の髪《かみ》に明るい碧色《みどり》の瞳《ひとみ》。フルネームは知らない。生徒たちの複雑な家庭事情を配慮《はいりょ》して、ここでは皆《みな》、苗字《みょうじ》は使用せず名前だけで呼ばれるのだ。

ジェイは長い距離《きょり》を駆《か》けてきたらしく、頬《ほお》を激しく紅潮させていた。

「おい、走って大丈夫《だいじょうぶ》なのか」

「平気」

ヨハンの肩《かた》につかまって呼吸を整えながら、チラチラと後ろを振り返るジェイを、ヨハンは注意深く見つめた。俯《うつむ》きかげんにした制服のシャツから、小さな翡翠のペンダントが見える。お守り代わりに母親に貰《もら》ったものだと言っていた。彼の目の色に合わせたものなのだろう。ヨハンは耳を澄《す》まし彼の呼吸を聞く。ジェイは喘息《ぜんそく》持ちなのだ。喘息の発作《ほっさ》は何がきっかけになるか分からない。呼吸の乱れや精神の動揺《どうよう》が、突然《とつぜん》発作の始まりになるかもしれないのだ。

ヨハンは暫《しばら》く待ってから静かに声を掛けた。

「どうした。誰《だれ》かに追いかけられたのか？」

「なんでもない。最近、おかしなゲームが流行《はや》ってるんだよ」

ジェイは、ようやく顔を上げて弱々しく笑ってみせた。

「おかしなゲーム？」

二人で並んで歩き出しながら、ジェイが答えた。

「うん。知ってる？　『笑いカワセミ』って」

「『笑いカワセミ』？　なんだね、それは」

校長が紅茶のカップから顔を上げながらジェイを見た。

「よくは知らないんですけど」

ジェイははにかんだ表情でソファの上で背筋を伸《の》ばした。彼はまだこの館《やかた》の親密な空気に慣れないのだ。校長と言っても、知らない人が目の前に立っている精悍《せいかん》な顔立ちの若い男を見てもその肩書《かたが》きと結びつけることはしないだろう。スラリとした長身で長髪《ちょうはつ》の彼は、ファッション雑誌のカメラマンと言ってもじゅうぶん通用する洒脱《しゃだつ》さに溢《あふ》れている。カリスマ的な雰囲気《ふんいき》は、教育家よりもやり手の青年実業家の方があてはまる。

ヨハンはこのお茶会の常連だった。校長は、自分のお気に入りの生徒や、何か問題を抱《かか》えている生徒を、校内の外れにある自分の家のお茶会に呼んで、いろいろと話をするのである。

「多分、ストローの包み紙を折って作ってるんだと思うんですけど、お皿やカップの下に、こっそり白い人形みたいなものを、そのお皿の持ち主に気付かれないように挟《はさ》んでおくんですね。それで、カップやお皿を持ち上げてその人形に気付いた瞬間《しゅんかん》、みんなで叫《さけ》ぶんですよ、『笑いカワセミが来るぞ！』って」

ジェイは顔を赤らめながら話した。自分の話が、校長やヨハンの注目を浴びているのが恥《は》ずかしくて仕方ないという様子である。

「いつ頃《ごろ》から始まったの？」

ヨハンは校長からカップを受け取りながら尋《たず》ねた。

「さあ。最近だと思いますけど」

「『笑いカワセミ』、ね。そういえば、昔『笑いカワセミに話すなよ』って歌があったなあ」

校長はソファに深く腰掛《こしか》けると煙草《たばこ》に火を点《つ》けた。彼が煙草を吸うのはこの部屋だけである。ここは言わば校長のプライベートな場所であり、生徒たちにも弱冠《じゃっかん》の無礼講が認められている。

「で、そのあとはどうなるの？」

「別に。みんなが一斉《いっせい》に『来るぞ、来るぞ、おまえを殺しに来るぞ』って囃《はや》すんです」

「おまえを殺しに来る？　そいつは穏《おだ》やかじゃないな」

校長は眉《まゆ》を顰《ひそ》めた。

「――ひょっとして、あのせいじゃないですか？」

一人掛けのソファで本を読みながら、三人の会話などそ知らぬ素振《そぶ》りだった聖《ひじり》が口を挟んだ。

彼はこの春卒業したのだが、秋から留学するのでその間この学校で時間を潰《つぶ》している。数学の英才教育を受けてきた彼は、いきなりアメリカの大学の研究室に入ることが決まっているのだ。

ほっそりとして眼鏡《めがね》を掛け、いかにも秀才《しゅうさい》然としたその姿には、既《すで》にどことなく風格があった。

「あのせいって？」

ヨハンが尋ねた。

「ほら、このあいだ、ひどい悪戯《いたずら》があったじゃないか。一年の生徒がボールを探《さが》しに草むらに入ったら、罠《わな》が仕掛《しか》けてあって、お腹《なか》に石が当たった奴《やつ》」

「ああ、あれはひどかった。罠自体は単純なものだったが、罠に踏《ふ》み込んだら腹部に石が当たるのは確実で、悪意を感じたね。犯人はまだつかまっていないが」

校長は思い出して顔をしかめる。

「あのあと、周りを探して他《ほか》に罠がないかどうか調べるのに一日掛かった」

「狐狩《きつねが》りでもしてるみたいだったよね」

ヨハンは頷《うなず》いた。湿原《しつげん》の遅《おそ》い春。ようやく根雪が溶《と》け、外で活動できるようになった矢先の出来事だった。茂《しげ》みの中にさりげなく板が置いてあった――シーソーの原理で、板の片方を踏むともう片方が持ち上がって、籠《かご》のようになった針金の中から石が飛び出してくるように仕掛けがしてあったのだ。もう少し勢いがあったら、内臓が傷ついていたかもしれない。不運な少年はお腹にあざを拵《こしら》える羽目になったが、数週間で痛みは回復した。

「それで、彼はその時に笑い声を聞いたって言うんだ」

「笑い声？」

淡々《たんたん》と話す聖にみんなが怪訝《けげん》そうな顔になった。

「うん。空の方で、甲高《かんだか》い笑い声が聞こえて、すうっと遠ざかっていったんだって」

「空で？　どういうこと？　変な話だね」

「さあね。分からないよ、痛みに驚《おどろ》いていた時にそんな気がしたっていうだけだし。ただ、その話を聞いた生徒で、オーストラリアに住んでた生徒がいたんだね。オーストラリアには笑いカワセミがいて、国鳥に近い存在らしいんだけど、本当に鳴き声が人間の笑い声そっくりなんだって。それで、『笑いカワセミ』の仕業《しわざ》だってことになったらしい」

「聞いてみると結構ばかばかしいね」

ヨハンはいつもながら、学園に流れる噂話《うわさばなし》の根拠《こんきょ》のなさにあきれた。閉鎖《へいさ》的な環境《かんきょう》の彼らはゴシップに飢《う》えている。中でも、常に疑心暗鬼《ぎしんあんき》にさらされている『墓場』組の生徒たちには、潜在《せんざい》的にいつでも流言蜚語《りゅうげんひご》に火を点ける下地ができているのだ。

「でも、なんだか気味が悪いよ。空で笑い声がするなんて——小さい頃《ころ》、お母さんがそんな話をしてた。田んぼの畦道《あぜみち》を歩いていたら、空で『アッハッハ』っていう笑い声がして、空を見上げたらそこに大きな顔があったって」

ジェイは青ざめた顔で呟《つぶや》いた。その弱々しい口調から、真剣《しんけん》に恐怖《きょうふ》を覚えていることが窺《うかが》える。こういうタイプの生徒は危ないな、とヨハンは思った。この学園の持つ古めかしい空気に共鳴して、勝手に恐怖を増幅《ぞうふく》させてしまいがちなのである。

「その顔ってどういう顔なの？　男？　女？　年寄り？」

　聖が興味を示した。ジェイは心許《こころもと》ない表情で首をかしげる。

「ううん、そのどれでもないんだって。強《し》いて言えば、仮面みたいなのかな」

「ふうん、面白《おもしろ》いね。それで、そのあとはどうなるの？」

「びっくりして見ていたら、すうっと遠ざかって消えたって」

「なるほど。別に悪さはしないわけね」

「だけど、そういうのが一番怖《こわ》いよね。何かされるっていうと完全に怪談《かいだん》だけど、そんなふうに意味もなく唐突《とうとつ》に現れるのって嫌《いや》だよな」

　ヨハンがそう言うと聖も同意した。

「うん。因果応報とか、目的があるのならともかく、理由が分からないっていうのは理不尽《りふじん》だね。僕《ぼく》は理不尽なものが嫌《きら》いだ。きちんと原因と結果が分かってないと気分が悪い」

「聖らしいね」

　その時、突然ジリリリとけたたましい電話のベルが鳴ったので誰もがぎょっとした。

　校長がサッと立ち上がって黒い受話器を取る。

　暫《しばら》く沈黙《ちんもく》があり、彼の顔色が変わった。

「何？」

　その目が鋭《するど》くなるのを、少年たちは緊張《きんちょう》してじっと見つめている。何かが起きたのだ。

「で、意識は？　取り戻《もど》した？　命に別状はないんだな？」

その口調がかすかに柔《やわ》らかくなった。

「引き続き様子を見てくれ。すぐに行く」

校長は受話器を置いた。そのまま、壁《かべ》に掛けてあったジャケットを手に取る。

「何かあったんですか」

聖が尋ねた。

校長は無表情に少年たちを見回した。

「また『笑いカワセミ』が出たらしい」


それは、校舎の外れの狭《せま》い螺《ら》旋《せん》階段で起こった。

校舎の中央に広い階段があるので、普段《ふだん》はあまり使われない階段であるが、クラスによっては校庭に出る時に女子ロッカーが近いという利点があり、まさに今回被害《ひがい》にあったテニス部の少女はその利点に与《あず》かろうとしていたのだった。

そこは昼間でも薄暗《うすぐら》い。少女は急いでいた。後ろからも友人たちが降りてきていたので、さらに急ごうとしていたようだ。が、彼女は階段で足を滑《すべ》らせた。何か柔らかいものが階段に落ちていて、それをまともに踏みつけてしまったのだ。そして、滑らせたとたん、首に針金が引っかかった。その針金は、足を滑らせたら首を引っ掛けるのにちょうどいい高さに、螺旋階段の支柱と照明を繋《つな》ぐようにピンと張られていたのだ。少女の喉《のど》は強く圧迫《あっぱく》され、一瞬窒息《いっしゅんちっそく》状態になった。が、少女の身体《からだ》には勢いがついていたため針金は全体重を支えきれず、折れてしまったのである。その結果、少女は気絶状態のまま階段を転げ落ちたのだった。

後続の少女たちが悲鳴を上げ、近くにいる教師を探した。

幸い少女はうまく受身の状態で転げ落ちたのか、たいした怪我《けが》もなくすぐに息を吹《ふ》き返した。喉にくっきりと赤く針金の跡《あと》が付いていたので、教師と他の少女たちは何が起きたのかを理解できたのである。空中には切れた針金がぶらぶらと揺《ゆ》れていたし、少女の一人が、廊下《ろうか》の隅《すみ》に転がっていた古いゴムボールを見つけ、彼女がこれに足を滑らせたのだということが分かった。

校長が現場に駆《か》けつけると、安堵《あんど》したのか少女たちは次々と泣き出した。

「声がしたのよ！　ミサコが落ちる前に！」

そばかすだらけの顔の少女が叫《さけ》んだ。

「どんな声だった？」

校長が冷静な声で尋《たず》ねる。

少女たちは顔を見合わせた。

「分からないわ――なんだかとっても甲高くって、男か女か分からない」

別の痩《や》せた少女がおどおどした口調で答えた。校長は静かに質問を続ける。

「どこで声を聞いたんだ？」

「窓の外です。ちょうど、この螺旋階段の途中《とちゅう》にある窓の外。あたしたち、最初にその声を聞いてぎょっとしたの。そのすぐ後に、ミサコが落ちていくのが聞こえたんだわ」

「声は何と言っていたんだ？」

「さあ――意味の分かる言葉じゃなかった。ひいっというような、わーっというような、おかしな声」

「ミサコの悲鳴じゃなかったのか？」

「違《ちが》います。だって、あたしたち、同時に声のした方向に振《ふ》り向いたんですもの。絶対にあれは窓の外だった」

「何か見たか？」

「いいえ。何も」

「『笑いカワセミ』よ！　あれは笑い声だったんだわ！」

そばかすの少女はひどく興奮していた。校長が落ち着かせようとすると、益々《ますます》興奮するようである。

「そう決め付けるものじゃないよ」

後ろで聞いていたヨハンはスッと進み出て興奮した少女の顔を見つめた。

少女はハッとした表情で見る見る赤くなる。ヨハンは、自分が穏《おだ》やかに相手の目を見て話し掛ければ大抵《たいてい》の少女がへなへなとなって大人しく従うことを知っていた。

「あんまり騒《さわ》がない方がいい――みんなが不安がるだけだからね」

「そうね――そうかもね。ああ、ごめんなさい、あたしったら、あんまり怖《こわ》くって」

「無理もないよ」

ヨハンは心を蕩《とろ》かす笑顔《えがお》で少女に頷いて見せた。少女はもじもじし、媚《こ》びるように笑う。他の少女の間にかすかな嫉妬《しっと》が浮《う》かぶのを彼は見逃《みのが》さなかった。

これくらいにしとこう。

「よし。君たち、部活動に戻《もど》りなさい。ミサコはもう大丈夫《だいじょうぶ》だから」

校長が絶妙《ぜつみょう》のタイミングで口を挟《はさ》んだので、その場はお開きになった。


「お見事」

寮《りょう》に戻る道を歩きながら、聖がボソッと呟《つぶや》いた。

「何が？」

ヨハンはとぼけた。

「君の人心掌握術《しょうあくじゅつ》は凄《すご》いよ。いつかは校長になれる」

「まさか」

後ろから黙《だま》ってジェイが付いてくる。彼は、一緒《いっしょ》に現場に駆けつけたことでますます不安になったらしく生気がなかった。

「どう思う？」

聖が尋ねた。

「どう思うって？」

「関係あると思うかい、二つの事件」

「うーん。どうかな。二つの事件を結びつけるとしたら、笑い声が聞こえたってことくらいだろう？　あの女の子を見れば、それが勝手な思い込みだってことがよく分かるじゃないか。そもそも最初の笑い声だって何の根拠もないし」

「笑い声だけじゃないと思うな」

「二つの事件の共通点が？」

「うん」

「それは何？」

「プロバビリティだよ」

さっと空気が冷たくなった。日が翳《かげ》ったのと、寮の近くの林の中に入ったというのもある。が、ヨハンはなぜかすっと冷たい手で首の後ろを撫《な》でられたような心地《ここち》がした。

「蓋然性《がいぜん》。見込み。確率。公算」

聖は独り言のように呟いた。

「どちらも特定の誰《だれ》かを狙《ねら》ったとは思えない。もしかしたら、運良く誰かが引っかかるかもしれない、その程度の仕《し》掛《か》けだ。草むらの中にたまたまボールが転がったから足を踏《ふ》み込んだだけで、いつまでも罠《わな》がそのままだった可能性の方が高い。今度の針金だって、あまり使われる階段じゃなかったし、獲物《えもの》がかかる可能性は低かった」

「何のために？」

「さあね。だけど、その仕掛けを作ってる奴《やつ》が親切心でやってるわけじゃないことは確かだね。僕らは気を付けなくちゃならない。そいつは誰でもいい。誰かがトラップに掛《か》かることを想像してワクワクしてるだけなんだから」

「まだ続くと？」

「たぶん」

聖は言葉少なに答えた。

「どうして？」

「見たろ、彼女たちの興奮を。みんな退屈《たいくつ》してる。みんな、続きが起きることを期待してるからさ」

「なるほど」

ヨハンはもっともだと思った。少女たちだけではない。ジェイのカップに紙人形を挟み、一《いっ》斉《せい》に囃《はや》したてた少年たちも何か事件が起きることを望んでいる。そして、自分たちも、この状《じょう》況《きょう》にスリルを覚えていることは確かなのだ。

遠いところで突然《とつぜん》ギャアギャアとカラスが鳴き、三人はハッと空を見上げ、それからバツが悪そうにこそこそと互《たが》いの顔を盗《ぬす》み見て目を伏《ふ》せた。

確かに、まだ何かが起きる。

ヨハンは心の中で確信した。

なぜなら、誰もがそれを望んでいるのだから。

食堂を歩いていると、向こうから憂理が歩いてくる。いつもながらスラリとして姿勢はいいが、普段《ふだん》の無愛想さにますます磨《みが》きが掛かっている。彼女は仲の良い少女が転校してしまってから、いつも一人で演劇の稽古《けいこ》に熱中していた。もともと、彼女は根っからの一匹狼《いっぴきおおかみ》タイプである。女優の卵は今日もご機嫌斜《きげんなな》めのようだ。

「やあ、憂理。ご機嫌いかが？」

ヨハンはわざと茶化して声を掛ける。

憂理は仏頂面《ぶっちょうづら》で返事をした。

「いいわけないでしょう。いいかげんにしてほしいわ、あの奇《き》ッ怪《かい》なお遊びは」

「ははあ。やられたね、『笑いカワセミ』」

「なんで分かったの？」

「ほら、肩《かた》に」

ヨハンは憂理の肩にくっついていた白い人形に手を伸《の》ばした。

「やだ。もう」

憂理が気分を害して払《はら》い落とそうとするのを、ひょいと取り上げる。

「ふうん。これが例のやつか」

「そういえば、あんた、ミステリマニアだったわよね。『笑いカワセミ』の正体は誰？　先週末、聖とあの弱々しいお坊《ぼっ》ちゃんとこそこそ歩いてるのを見たわよ」

憂理が思い出したように言った。

「ああ。土曜日の事件は聞いた？　首に針金が引っかかった女の子の話」

「聞いたわよ。ずっとその話で持ちきり。今、食堂でお茶を飲むと、漏《も》れなくこの白いおまけが付いてくるわ」

「なるほど。すっかり『笑いカワセミ』は市民権を得たと」

「そんなとこね」

ヨハンは手の中の粗末《そまつ》な人形を見た。確かにストローの包み紙だ。畳《たた》んで結び合わせたもので、人形と言われれば人形に見えないこともないが、ただのぐちゃぐちゃしたかたまりにしか見えない。どちらかと言えば星型のよう。どっちにしても、全くカワセミには関係ないと思うのだが、なぜこれが『笑いカワセミ』に結びついたのだろう？

「おかしな事件だな」

「ほんとに。なんだかイラつくネーミングよね。『笑いカワセミ』なんて。そんな歌があったような気がする」

あれ？　これと同じ台詞《せりふ》をどこかで聞かなかったっけ。

その時、ヨハンは何かが頭の中で弾《はじ》けたようにハッとした。

彼は弾けるように駆《か》け出していた。

「あら、どこ行くのよ、ヨハン」

「図書館」

「待って、あたしも行くわ」

二人で図書館に向かう。生徒数の割りに贅沢《ぜいたく》な石造りの図書館は、曇《くも》った空の下にいかめしく聳《そび》えていた。梅雨《つゆ》がないはずのこの地だが、湿《しめ》った雨の匂《にお》いが辺りの土から立ち上ってくる。

「何よ、何を探してるの」

「うーん。音楽はこの辺か。音楽でいいのかなあ」

「独り言はやめてよ」

「詩かな。それとも民俗学《みんぞくがく》？」

「怒《おこ》るわよ、ヨハン」

憂理の声が不穏《ふおん》になったので、彼は慌《あわ》てて薄暗《うすぐら》い書架《しょか》の中から分厚い本を取り出した。

「え？　『日本の童謡《どうよう》』？」

憂理の声を聞きながらヨハンは近くの書見台に本を置き、ページをめくる。

かびくさく大きなページはめくりにくく、ヨハンはイライラしながら目的のページを探した。

やがて、ぴたりと手が止まる。

「――あった」


わらいカワセミにはなすなよ　　詞・サトウハチロー／曲・中田喜直

たぬきのね　たぬきのね
ぼうやがね
おなかにしもやけできたとさ
わらいカワセミにはなすなよ
ケラララ　ケラケラ　ケケラ　ケラと
うるさいぞ
キリンのね　キリンのね

おばさんがね
おのどにしっぷをしてるとさ
わらいカワセミにはなすなよ
ケララ　ケラケラ　ケケラ　ケラと
うるさいぞ

ヨハンは背中に戦慄《せんりつ》が駆け抜《ぬ》けるのを感じた。

ざわっと膝《ひざ》から生暖かい震《ふる》えのようなものが浮《う》き上がってくる。

「——なにこれ」

憂理も気が付いたのか、かすれた声になった。

「ぼうやのおなかにしもやけ？——次はおばさんがのどにしっぷ？　やだ、これって、まるで、今回の二つの事件と同じじゃないの」

「のようだね。少なくとも、仕掛《しか》けた奴《やつ》がこの歌を知ってることは確かだ」

ヨハンは今全身に感じている悪寒《おかん》を押し殺すように答えた。

「三番はどうなってるの？」

憂理がページを覗《のぞ》き込んだ。

ぞうさんのね　ぞうさんのね
おじさんがね
はなかぜ用心に筒《つつ》はめた
わらいカワセミにはなすなよ
ケララ　ケラケラ　ケケラ　ケラと
うるさいぞ

「はなかぜ用心？　筒はめた？　これって鼻にってこと？」

「恐《おそ》らく」

「今度はどういう仕掛けで来るのかしら」

「うーん」

「気持ち悪いわね。でも、少なくとも三番で終わりってことは、そのあとはないはずよね？」

憂理は同意を求めるように不安げな目で見た。

「だといいんだけど」

「何よ、請《う》け合いなさいよ」

「そんなこと言われても」

いつもながら一方的な憂理の言葉に肩《かた》をすくめる。しかし、ヨハンの頭ではどこかでアラームが鳴り響《ひび》いていた。環境《かんきょう》のせいで、子供の頃《ころ》から危険には敏感《びんかん》だった方だが、今回のアラームはかなり大きい方だった。

悪意がある。それも、緻密《ちみつ》で冷静で底知れぬ悪意が。なぜだ？　なぜこの場所で？

ヨハンは無意識のうちに後ろを振《ふ》り返っていた。

「やだ、後ろなんか見ないでよ。怖《こわ》いじゃないの」

「ごめん、つい」

憂理の慌てた声に笑ってみせてからも、ヨハンは暫《しばら》く周囲の様子を窺《うかが》っていた。

「なるほど、童謡殺人ならぬ童謡傷害事件なわけね」

聖はあっさりと言った。

「あっさり言わないでよ、まだ歌は三番があるんだから。三番目の被害者《ひがいしゃ》はあんたかあたしかもしれないのよ」

憂理があきれたような顔で聖の前で仁王立《におうだ》ちになる。

暖かい温室。日差しが日に日に強まってきた時期なので、打ち捨てられた温室の中でも相当暖かい。この球形の温室は、かつては使われていたのだが、今は全く使われていない。誰《だれ》も手入れをしていないためにほとんど野放しになった観葉植物がしぶとく生き延びて、一種異様な光景を作り出している。しかも、丘《おか》の中腹の外れにあり、生徒たちの中にもこの場所を知らない者は多い。

ヨハンたちは、人に聞かれたくない話をする時は自然とここにやってくる習慣になっていた。

「確かに、憂理は危ないな。相変わらず校長の親衛隊に総スカン食《く》らってるみたいだしね」

聖がちらりと値踏《ねぶ》みするように見たので、憂理はムッとした顔になる。

「ええと、親衛隊って？」

隅《すみ》っこで鉄の椅子《いす》に腰掛《こしか》けていたジェイが恐る恐る尋《たず》ねる。

「カリスマ校長のシンパさ。憂理は校長に反抗的《はんこう》なもんで、校長のファンは憂理を目のカタキにしてるってわけ」

ヨハンが答える。

「ふん。悪かったわね。ここに来た時からの因縁《いんねん》の連中なのよ」

「真面目《まじめ》な話、一人で歩くのはやめた方がいいよ。どこかにまたトラップがあるに違《ちが》いない。こないだみたいに、意識を失ったところをすぐに見つかればいいけど、この学校はいろいろと死角になる場所が多いし、下手するとほんとに命取りになる」

ヨハンが真剣《しんけん》な顔で言うと、憂理はしゅんとした顔になった。

「でも、今度狙《ねら》われるのは男の子のはずだろ？」

聖が口を挟《はさ》んだ。ヨハンは鼻を鳴らす。

「そんなの、これまでの二件がたまたま男と女で当たっただけだろ？　わかんないよ。なにしろプロバビリティなんだろ？」

そう言い返すと、「そりゃそうだけど」と聖は口の中でもごもご呟《つぶや》いた。

「嫌《いや》んなっちゃう。こんなのでびくびくしてるのはあたしの趣味《しゅみ》に合わないわ。ちょっと、あんたは何をそこでニヤニヤしてるのよ。次はあんたかもしれないのよ」

憂理がぼんやりガラス越《ご》しの空を見上げていたジェイをどやしつけた。彼はどぎまぎしたように憂理を見る。

「えっ――こうやって見上げると、水晶《すいしょう》の中にいるみたいで綺麗《きれい》だなって思って」

「全くもう。この子、ママのところに戻《もど》してやって。今度の健康診断《しんだん》で年齢《ねんれい》を確かめてもらうといいわ」

「きついなあ、憂理は」

ヨハンは苦笑《くしょう》した。憂理は憂理である。

「あんたも同じファミリーなんだから言ってやってよ。ここに居続けるのは本当に大変なのよ。この子、わかってるのかしら、ここがどんな場所か。自分の身は自分で守るしかないんだから」

「確かにそうだけど」

ふと、ヨハンの脳裏《のうり》を何かがよぎった。

今、何か思いつかなかったか？

「なあに、変な顔して」

「ねえ、今なんて言った？」

「はあ？　自分の身は自分で守るしかないんだから、だったと思うけど」

「うーん」

「やあね、それがどうかした」

「いや、なんでもない」

「ねえ、解決するなら早くしてね、名探偵《めいたんてい》。前にも言ったことがあるけど、あたし、登場人物のほとんどが死んでから解決する名探偵が大嫌《だいきら》いなの」

憂理の言葉に、聖がくすっと笑って独り言のように呟いた。

「——だけど、大きな事件が起きなくちゃ名探偵の出番もないじゃないか」

笑いカワセミ。

何がこんなに引っかかるのか。なぜこんなに邪悪《じゃあく》な雰囲気《ふんいき》を感じるのか。

ヨハンは校長の部屋でお茶を飲みながら考える。確かにここにはいろいろと不思議なことや隠《かく》されたことがあるけれど、このぴりぴりするような不安はどこからやってくるのだろう。その正体がつかめず、彼はいらいらしていた。

「ヨハン」

はっとすると、校長が髪《かみ》に引っかかっていた白い人形を取り上げた。

「この悪戯《いたずら》はなかなか止《や》まないね」

校長は目の前に人形をつまみあげてしかめ面《つら》をする。

「ええ。どこにいっても、このストロー袋《ぶくろ》の人形が落ちてて掃除《そうじ》当番が文句を言ってます」

やれやれ、こんなものをくっつけられたことに気付かないなんて。僕も焼きが回ったな。

ヨハンはがっくりきた。

ジェイは打ち解けた様子で聖と談笑していた。引っ込み思案なのを心配して、お茶会に何度か連れてきたのが正解だったようだ。

「気になるね。私もちょっと調べてみる」

「何を？」

校長の言葉にヨハンはきょとんとした。

「ちょっとばかり思いついたことがあってね」

校長の表情は硬《かた》い。

「用心した方がいい」

校長はそっと耳打ちした。

彼は何を言っているのだ？

ヨハンは反射的に校長の顔を見たが、彼はもうそ知らぬ顔で聖たちと会話を交《か》わしているのだった。

じりじりと何かが起きるのを待っていたような校内の雰囲気が飽和《ほうわ》状態になっていた初夏、それは午前中に健康診断が行われた明るい昼間のことだった。

朝食抜《ぬ》きで検査が行われたので、いつもより空腹な生徒たちがわいわいと食堂に駆《か》け込んでくる。なんであれ検査というのは緊張《きんちょう》するものだ。緊張から解放され、食堂はほっとしたような喧騒《けんそう》に包まれていた。

テーブルのあちこちで悪戯が始まっていた。ストローの袋が次々と膝《ひざ》の上で折られ、カップや皿の下にサッと押し込まれる。

「笑いカワセミが来るぞ！」

「次はおまえだ！」

熱っぽい喚声《かんせい》と叫《さけ》び声《ごえ》がそこここで響《ひび》く。フォークとスプーンがかちゃかちゃいうざわめきが音楽のように辺りを埋《う》める。

ヨハンは、彼を追いかけている女の子たちに囲まれて食事をとる。彼は自分のアイドルとしての務めを自覚しているので、如才《じょさい》なく少女たちに笑顔《えがお》を振《ふ》りまき、他の少年たちにも心地《ここち》よい話題を提供する。

いつも通りの食事。しかし、ヨハンは、どことなく嫌《いや》な空気が肌《はだ》にまとわりつくのを感じていた。危険信号。これはどこから来るのか？　単なる思い過ごしか？　なんだか食欲が湧《わ》かず、スープに手を付ける気がしなかった。

いつも通りの食事。だが、暫《しばら》く経《た》つと、どことなく様子が変になってきた。明るいパワーに満ちた喧騒が、少しずつ変化している。

一緒《いっしょ》のテーブルに付いている女の子たちの顔が引きつってきた。

ヨハンは辺りを見回す。何かがおかしい。

そのうちに、喧騒はどよめきになった。ざわざわと異様な雰囲気が広がっていく。

向かいに座っていた女の子の手から、ぱしゃんと音を立ててスプーンが落ちた。その顔が苦痛に歪《ゆが》む。

「くっ」

「苦しい」

「どうしたの？」

苦しみ始めたのは彼女だけではなかった。

他のテーブルでも苦悶《くもん》に満ちた声が上がり始めた。あちこちで、腹を抱《かか》え、食べたものをもどしている生徒がいる。

「何？」

「スープに何か入ってる」

「嘘《うそ》」

みるみるうちに食堂は阿鼻叫喚《あびきょうかん》の様相を呈《てい》し始めた。立ち上がり、悲鳴を上げる生徒もいる。苦しんでいる生徒と、パニックを起こした生徒との叫び声が入り混じり、残りの生徒たちに混乱が伝染していく。

「助けて！」

「いやーっ」

少女たちが悲鳴を上げ、食堂を飛び出し始めた。みんなが恐怖《きょうふ》に駆られ、続けて逃《に》げ出そうとする。がたがたと椅子《いす》の動く音が雷鳴《らいめい》のように部屋に鳴り響いた。

「こいつだ！　こいつが毒を入れやがった！」

どこかで怒号《どごう》に近い叫び声が上がった。みんなの視線がその声に引き寄せられる。身体《からだ》の大きな上級生が、ジェイの腕《うで》をつかんで高く差し上げていた。その手には、小さな薬《くすり》瓶《びん》のようなものが握《にぎ》られている。

ジェイは真っ青で、必死に左右に首を振っていた。

「違《ちが》う！　これは喘息《ぜんそく》の薬で」

「俺は見たぞ！　スープ鍋《なべ》のところでこそこそ何かしてただろうが！」

「違います！　苦しくなって薬を吸おうとして」

ジェイは悲鳴のような声を上げたが、みんなの氷のような視線に気付いてびくっと全身を硬《こう》直《ちょく》させると、やがてわなわなと震《ふる》え出した。大きく見開かれた目には、うっすらと涙《なみだ》が浮《う》かんでいる。

「ちがう」

彼はもう一度振り絞《しぼ》るような声で言うと顔を背《そむ》けた。

上級生たちはいよいよ興奮する。

「縛《しば》って警察に突《つ》き出せ！」

「どこかに閉じ込めておけよ」

凶暴《きょうぼう》な光とエネルギーが、周囲の生徒の目に溢《あふ》れている。

「待って！　ジェイがそんなことをするはずないよ」

ヨハンは努めて冷静な声で彼らの前に走り出た。彼らの凶暴な光が自分に向けられるのを痛いほど感じる。

たちまち矛先《ほこさき》は彼に向けられた。

「邪魔《じゃま》すんな」

「ファミリーだってかばいだてするのは許さないぜ」

怒号に耳を貸さず、強い瞳《ひとみ》で見つめ返す。

「その瓶を調べてみればいい。ここから動くのはまずいよ。具合の悪い生徒は介抱《かいほう》しなきゃならないけど、なるべくこのままの状態にしておいた方がいい。でなきゃ誰《だれ》かが証拠隠滅《しょうこいんめつ》するかもしれない」

ヨハンはぴしりと言った。

「みんな動かないで。よく周りを見て。今、校長先生と看護婦を呼んでくる。具合の悪い人は上着を敷《し》いて床に寝《ね》せてやって。吐《は》いたものを喉《のど》に詰《つ》まらせないように注意していて」

ヨハンはぐるりと食堂を見回し、凍《こお》りついたようになっている生徒たちに厳しい視線を向け、みんなが自分の指示に従う気配を見て取ると、職員室に近い扉《とびら》に向かって素早《すばや》く駆け出した。

が、パッとドアを開けた瞬間《しゅんかん》、ゾッとするような何かを感じた。

しまった、罠《わな》だ！

足に何か綱《つな》のようなものが引っかかっていた。

上から何か重くて大きなものが崩《くず》れ落ちてくる気配。

彼は無意識のうちに伏《ふ》せながら床に素早く転がっていた。

ガラガラガシャーンというすさまじい衝撃《しょうげき》に、頭を抱えてうつぶせに転がる。

空気が震え、床も揺《ゆ》れた。

響き渡《わた》る悲鳴。ばらばらと髪《かみ》に降りかかってくるガラスの破片。

何が起きたのか分からなかった。

「ヨハン！」

「大変、煙突《えんとつ》が」

「医者を呼べ！」

辺りが静まってからヨハンはゆっくりと顔を上げた。

食堂のストーブに繫《つな》がっていたはずの、廊下《ろうか》の天井《てんじょう》に張り出したブリキの大きな煙突が落ちて、廊下の窓に突き刺《さ》さっていた。ヨハンが引っ掛《か》けたロープが煙突を引っ張り、引きずり落とすように細工されていたらしい。ただロープで引っ張ったくらいで丈夫《じょうぶ》な煙突が落ちるはずはないから、切れ目か何かを入念に入れておいたのだろう。もう厳寒の時期は過ぎたので、食堂に入っているのは空調だけ。食堂の職員室に近い通路は前の事件の階段と同じく使用されることはほとんどないから、罠を張っておくには好都合だったのだ。

　ぞうさんのね　ぞうさんのね
　おじさんがね
　はなかぜ用心に筒《つつ》はめた

脳裏《のうり》にあの一節が蘇《よみがえ》る。

畜生《ちくしょう》。なるほど、はなかぜ用心——健康診断か。しかも、筒が落ちてきたってわけだ。
気がついてみれば至極《しごく》単純なことじゃないか。
ヨハンは舌打ちして、のろのろと身体を起こした。心臓も頭もどくどく鳴っている。
馬鹿野郎《ばかやろう》、今度こそお陀仏《だぶつ》になっても不思議じゃなかったぞ。
彼は激しい怒《いか》りを覚えた。
「ヨハン、大丈夫《だいじょうぶ》？」
「怪我《けが》しなかった？」
女の子たちが食堂からこちらを覗《のぞ》いている。
「大丈夫」
ヨハンは笑顔《えがお》で手を振《ふ》って、シャツの腕《うで》についたガラスの破片を手で払《はら》った。
食堂の照明にともされ、床に落ちる破片がキラキラ光っている。
ふと、ヨハンは手の動きを止めた。
まじまじと袖《そで》についたガラスの破片を眺《なが》める。
頭の中に閃光《せんこう》が走ったような衝撃に、かあっと全身が熱くなった。
い、い、い。
そうだったのか。
ヨハンは愕然《がくぜん》とした表情で顔を上げ、窓に刺さった煙突を見た。
みんながそんなヨハンを怪訝《けげん》そうに見守っている。

「やっぱり転校しちゃうんですってね、ジェイ」

温室で、憂理が当惑《とうわく》した声で言った。

聖とヨハンは無言で憂理の顔を見る。

ジェイはあの一件以来、体調を崩《くず》して寝込《ねこ》んでいたのだ。

「やだなあ。なんだかあたしの言ったとおりになっちゃったわ。ママのところに戻《もど》れって――そんなつもりじゃなかったのに」

どことなく元気がない。

「そんなことは、ジェイだって分かってるよ」

ヨハンは励《はげ》ますように言った。憂理は鼻っ柱は強いけれど、実際はナイーブで面倒見《めんどうみ》がいいのだ。

「四ヶ月っていうのはうちでも短い方じゃない？」

聖があっさりと言った。

「そうねえ。あの一件、やっぱショックだったのかな。みんなが冷たい目で見てた時、目に涙《なみだ》浮《う》かべてたもんね。あいつが悪いのよ、あの上級生。あんなタイミングでジェイを締《し》め上げなくったって」

「結局、濡《ぬ》れ衣《ぎぬ》だって分かったしね」

ジェイの持っていた瓶を調べたが、結局喘息の薬しか入っていなかったし、苦しんだ生徒のほとんどは軽症《けいしょう》だった。何人かは点滴《てんてき》を受けて数日様子を見ていたが、入院するような状態の生徒はいなかったし、あれが毒だったのかどうかも分からない。医師たちが調べていたが、食中毒だったのではないかという意見に傾《かたむ》いているようだ。

「今回も外側の人間は入らなかったわね」

憂理は皮肉っぽく言い添《そ》えた。

この学園で、中で起きたことが表沙汰《おもてざた》になることはまずない。今回も、学者と医療《いりょう》チームがやってきたが、学園内でいろいろ調べてはいたものの、結局いつのまにかいなくなっていた。警察や保健所が介入《かいにゅう》した様子もない。校長のところにだけ、全《すべ》てのデータが残っているのだろう。そして、ここでは生徒たちがそのことに不満を訴《うった》えることもない。学園の中で起きたことは学園の中で処理されるのが不文律になっているのだ。ここでの暮らしが長くなると、そのことに疑問を抱《いだ》くこともなくなるのだから恐《おそ》ろしい。

「なんだか淋《さび》しいわ。珍《めずら》しく素直《すなお》な人材だったのに」

「憂理、正直に言えば？　ほんとはジェイが気に入ってたって」

「あら、違《ちが》うわよ」

聖に指摘《してき》され、憂理はかすかに顔を赤らめた。

ヨハンは憂理の赤い顔と、曇《くも》った温室の丸い天井を見ながら、じっと長い間一人で考えこんでいた。

校長の家から、小柄《こがら》な少年が出てきた。玄関口《げんかんぐち》でぺこりと頭を下げ、大きなトランクを持ってのろのろと歩いてくる。

少年は、道の途中《とちゅう》で待っているヨハンに気付いたようだ。はにかんだ笑《え》み、しかしどこか弱々しく淋しい笑みを浮《う》かべて小さく会釈《えしゃく》する。

「トランク、門のところまで持ってあげるよ」

ヨハンは少年の手からトランクを取り上げた。

「あ、ありがとう」

ジェイは感謝の目でヨハンを見上げた。ヨハンは小さく笑うと手を差し出した。

ジェイはおずおずと手を差し出し、握手《あくしゅ》しながらかすかに顔を歪《ゆが》めた。

「残念だな。仲良くなれそうだったのに」

ヨハンは静かに言った。ジェイは無言で頷《うなず》く。

「うん。僕も残念だよ。こんなふうに別れるなんて」

二人で、前を見たまま暫《しばら》く黙《だま》って歩く。

「そうだね。だけど、歌も三番まで使ってしまったしね」

ヨハンのさりげない言葉に頷きかけて、ジェイはハッとした表情になった。

「もうあとはない」

ヨハンは乾《かわ》いた声で呟《つぶや》く。

探《さぐ》るような表情で恐《おそ》る恐るヨハンの顔を見る。

「そうだろう？　ジェイド。君が『笑いカワセミ』だね？」

ジェイはぴたりと足を止めた。

冷たい視線が自分を射るのを、ヨハンは正面から受け止める。

二人は石畳《いしだたみ》の途中で向かい合っていた。

ジェイの顔は、それまでのはにかんだ弱々しい表情ではなく、どことなく鋭《するど》い光を帯びたものに変わってしまっている。

「ジェイド——翡翠（JADE）だね。僕は馬鹿《ばか》だったよ、君はずっとヒントをくれていたのに」

冷たい沈黙《ちんもく》が降りた。

「なぜ、僕が？」

ジェイは無表情だった。

ヨハンは小さく首を傾け、口を開いた。

「カワセミには、川の蟬《せみ》という文字を当てる以外に、翡翠という字を当てる場合もあると気付いたのさ。その羽の色から連想してね」

「だから、僕が、『笑いカワセミ』だと？　あまり説得力がないと思うけど」

「ほんとに僕は馬鹿だった。すっかり平和ボケしちゃってたよ。君もそのことに気付いてたからこそ、いつもヒントをくれてたんだろうね。僕のことを舐《な》めてたのかもしれないけど、そこのところは本当はどうだったのか僕には分からない」

ヨハンは前を向いて歩き出した。ジェイも渋々《しぶしぶ》歩き出す。

ヨハンの脳裏《のうり》には、校長の部屋で、髪《かみ》に付いていた人形を取り上げられた時の光景が浮かんでいる。気付かないわけがない。自分に気付かないようにあんなものをくっつけられるのは、子供の頃《ころ》自分と同じような教育を受けた者だけだと、あの時気付くべきだったのだ。

「君は随分《ずいぶん》ヒントをくれた。君が狙《ねら》っているのが僕であることを遠まわしに教えてくれていた。自分の名前が翡翠であること、つまりカワセミであることを気付かせようと、温室が水晶《すいしょう》に見えるなんて話をして。僕は作曲家だから、そのうちカワセミの歌に気付くだろうと手の込んだ見立て事件を演出したのかい？　幾《いく》らでもチャンスはあったのに、わざわざこんな面倒《めんどう》くさいことをするなんて。僕を試《ため》してみたってわけ？」

ジェイは小さく肩《かた》をすくめただけで、何も答えようとはしない。

ヨハンは勝手に喋《しゃべ》り続けた。

「あの見立て事件は、聖はプロバビリティの事件だなんて言っていたけど、実際のところはそうでもない。最初の事件――お腹《なか》に石をぶつけた少年が、君の共犯者であればかなり簡単にできる事件だ。悪戯《いたずら》だからと言って頼《たの》んだのかどうかは知らないが、君が『笑いカワセミ』を流《は》行《や》らせるためにもっともらしい理由をつけたんだろう。どちらにしろ、退屈《たいくつ》してる連中は多いから、君の申し出を断らなくても驚《おどろ》かない――そう、どう考えてもわざわざあの草むらの特定の場所に足を突《つ》っ込むなんていうのは難しい。空で笑い声が遠ざかっていったなんてのもだ。だが、被害者《ひがいしゃ》の少年がそう言いたてれば、第一の事件は決して難しくない。実際、彼の協力によって、『笑いカワセミ』は市民権を得る。第二の事件はもっと成功する可能性が高い。窓の外で叫《さけ》んだのは、最初の被害者の少年だろう。笑い声に似た甲高《かんだか》い声を立てれば、その声が誰《だれ》かを特定するのは難しいし、第一の事件と共通点があるように見せかけられる。そして、第三の『笑いカワセミ』で、煙突《えんとつ》の下敷《したじ》きになって死者が出るというわけだ」

ジェイの横顔は無表情のままだ。ヨハンは視界の隅《すみ》で、彼の硬《かた》い表情を感じている。

ヨハンは話し続けた。

「だけど、実は、第三の事件になって初めて、『笑いカワセミ』は意味を持ってくるんだな。あのストロー人形を流行らせたのも君だろう？」

ヨハンはちらりとジェイを見た。しかし、その横顔は動かないし、表情も変わらない。

ヨハンは続ける。

「僕は、なんであんな人形が『笑いカワセミ』と結びつけられたんだろうと不思議に思っていた。せめて、鳥の形でもしているのならまだしも。だけど、別になんでもよかったんだ。床に白い紙の塊《かたまり》がいつも散乱している状況《じょうきょう》さえ生み出せるのであれば」

今度こそ、ジェイの表情が凍《こお》りつくのが分かった。

ヨハンは自分の話に自信を覚える。

「君はわざとあの上級生の前で、喘息《ぜんそく》の薬の瓶《びん》を見せたね？」

「なぜそんなことをしなきゃならないんだい？」

ようやくジェイが口を開いた。その口調は落ち着き払《はら》っている。

ヨハンは小さく笑った。

「その理由は二つある。一つは、あの上級生に君が締《し》め上げられるため。もう一つは、君の薬の瓶に毒が入っていたと思わせるため」

ジェイは処置なしというように小さく首を左右に振《ふ》った。

「言っている意味がよく分からないな。僕にも分かるように説明してくれないか」

「そうか。じゃあ説明しよう」

ヨハンはおどけた口調で口を開いた。

「君がなんの薬を使ったのかは知らないが、薬が入っていたのは瓶じゃない。薬包紙だ」

ヨハンの脳裏に、食堂の床に散乱したストローの袋《ふくろ》の人形が浮かんだ。

「君は瓶を見せ、薬が入っていたのは瓶だという印象をみんなに与《あた》えたかった。床に散乱している紙の中に、君が幾つか使った薬包紙が紛《まぎ》れこんでも見つからないようにするためにね。君は、薬の入った薬包紙を持っているわけにはいかなかった。上級生につかまったら、身体検査をされるのは分かっている。薬の痕跡《こんせき》が残っているかもしれない薬包紙を身に付けているのはまずい。君は、瓶だけが調べられる予定だった。瓶の中に喘息の薬しか入っていないことが分かれば、無罪放免《ほうめん》されるからね。だから、薬包紙は上級生につかまる前に床に捨てておかなければならなかった。そして、君はどうしてもあそこで上級生につかまらなきゃならなかった」

ヨハンは語気をかすかに強めた。

「なぜだと思う？」

そう。彼はヨハンの性格をよく把握《はあく》していたのだ。

「僕に止めに入らせ、僕にみんなを止めて校長を呼びに行かせるためさ。よく僕の行動を予測できたもんだと誉《ほ》めてあげたいよ。職員室への近道はあのドアを使うだろうし、あの状況でみんなを止められるのは恐《おそ》らく僕しかいなかっただろうからね。光栄に思うよ」

ヨハンが込めた皮肉が通じたらしく、ジェイが唇《くちびる》の端《はし》に冷笑を浮《う》かべるのが分かった。

「そして、この僕は、哀《あわ》れ『笑いカワセミ』の歌の三番の歌詞の通りに煙突の下敷きになる予定だったというわけさ」

二人はそれぞれの思いに浸《ひた》りながら無言で歩き続けた。遠くに門が見えてきて、黒塗《くろぬ》りの車が待っているのが目に入った。

ジェイは小さく長い溜息《ためいき》をついた。

「──チャンスだったのになあ。あんた、ちっとも気付かないんだもの。第一候補と言われていたから楽しみにしてたのに」

低く呟いた声は、すっかり別人のものだった。

陸の孤島《ことう》。優雅《ゆうが》な檻《おり》。この学園から出ることはとても難しい。それは、とりもなおさず、外からここに侵入《しんにゅう》するのが難しいということでもある。ヨハンはそのためにここに来た。自分の身を自分で守るために。もっとはっきり言うと、彼を追ってくる刺客《しかく》から身を守るために。

ヨハンはそのことについて改めて考える。

うかつだった。新たな転入生は、注意することにしていたのに。

「油断していたのは認めるよ」

ヨハンが認めると、ジェイは低く笑った。

「確かにあんたは平和ボケしていたね。スープを飲まなかったのはほめてあげるけど。でも、あそこでスープを飲まれていたら、そのあとの計画が台無しだった」

「あの時は嫌《いや》な予感がしたんだ。土壇場《どたんば》で本能が蘇《よみがえ》ったって感じだね」

そう答えてから、ヨハンはジェイの顔を覗《のぞ》き込む。

「君をここによこしたのは誰だい？　ニコラ叔父《おじ》さん？　ジェシー叔母《おば》さん？　それとも他《ほか》の誰かかい？」

ジェイはむっつりと首を振った。

「それは言えないよ。それでなくとも、今回失敗してしまって、僕の信用はガタ落ちだ。さっさと最初に仕留めておけばよかった」

ジェイは悔《くや》しそうな口調になった。

二人は黙《だま》り込む。

ヨハンたちは生まれた時から争っている。

ヨハン。天使のような容貌《ようぼう》を持つこの少年は、闇《やみ》の帝王《ていおう》の息子《むすこ》でもあった。ヨーロッパを牛耳《ぎゅうじ》るユーロ・マフィアの跡取《あととり》を目指し、多くの子供たちが生存競争をしている。それだけの価値があるほどその財産は莫大《ばくだい》であり、後を引き継《つ》ぐのも、維持《いじ》するのも、並大抵《なみたいてい》のことではないことを誰もが知っている。

「この次会う時は失敗しないよ」

ジェイは門の外の運転手に小さく手を振りながら、負けん気を覗かせてヨハンを振り返ったが、小さくよろけた。

「この次？　この次はないよ」

ヨハンはにっこりと少年に微笑《ほほえ》みかけた。

ジェイは怪訝《けげん》そうな顔でヨハンを見る。

ヨハンは目を細めてジェイを見た。

「そう。君はさっさと僕を仕留めておくべきだった。あんな長い小細工などしないでね。教えてくれよ、なぜあんな見立て事件なんかにしたんだ？」

「ふん。あんたがどの程度の勘《かん》を持ってるか知りたかったのと、あとは」

「あとは？」

「退屈《たいくつ》してたからさ」

ヨハンはあっけに取られた。

ジェイは小さく鼻で笑う。

「こんなど田舎《いなか》、何もなくてつまんないよ。あんただって退屈してただろ？　僕もさ。だから」

ヨハンはあきれ顔をしつつも大きく頷《うなず》いた。

「確かにそうだ。ここは退屈だ」

「変だな、力が入らない」

ジェイは門をつかもうとしたが、手が震《ふる》えていた。混乱した顔でヨハンを見る。

ヨハンは溜息をついた。

「言ったろ、この次はないって。チャンスがある時に全《すべ》てを済ませておくのが肝心《かんじん》さ。まだ気付かないの？　さっき、僕と握手《あくしゅ》した時、君、顔をしかめたの覚えてる？」

ジェイはハッとしたように右手の掌《てのひら》を見た。かすかに血の玉が浮かんでいる。

「僕は君みたいに効いたか効かないか分からないような毒は使わない。きちんと効く毒を使うのさ」

ヨハンは自分の掌を開いてみせた。薬指にはまった、小さな針が付いた指輪をジェイに見せる。

ジェイの顔に、脂汗《あぶらあせ》が流れ出した。大きく目が見開かれ、口をパクパクさせる。

「あ――あ――そんな、馬鹿《ばか》な」

信じられない、という喘《あえ》ぎ声《ごえ》が漏《も》れる。

ジェイは驚《おどろ》いた表情のまま、ずるずると門にもたれかかって崩《くず》れ落ちた。

「君は命の恩人だよ。用心するってことを思い出させてくれたからね。サンキュー、ジェイド」

そう呟《つぶや》いたヨハンの言葉が、彼の耳に届いたかどうかは分からない。

ヨハンは動かなくなったジェイを暫《しばら》く見下ろしていたが、やがて顔を上げて門の向こうの運転手に合図する。

「ご苦労様」

小さく頷いて、帽子《ぼうし》を目深《まぶか》にかぶった男が車のトランクを開け、門を開けた。

「お元気そうで。坊《ぼっ》ちゃん」

トランクの中には、ジェイを迎《むか》えに来た運転手の死体が入っていた。ジェイがヨハンを消すのに失敗した事実が知れるのは、なるべく遅《おく》れた方がいい。

「手間かけるね。よろしく」

「お任せを。坊ちゃんの早いお帰りをお待ちしてますよ」

運転手は目配せをして、ジェイを軽々と抱《だ》き上げてトランクに入れ、ばたんと蓋《ふた》を閉めた。

車が遠ざかるエンジンの音を聞きながら、ヨハンはじっとジェイが遠ざかるのを眺《なが》めていた。

「どうやら済んだようだね」

後ろから低い声が聞こえる。

ヨハンは「ええ」と頷いて静かに振《ふ》り返った。

寛《くつろ》いだ表情の校長が立っている。

ヨハンはぺこりと頭を下げた。

「助かりました。ジェイに喘息《ぜんそく》の病歴はないと調べてくださったおかげで、なんとか真相に気付けたんですから」

「こちらこそ助かったよ。学園の平穏《へいおん》を乱す人間は消えてもらった方がありがたい。それに、何より私は君のファンなのでね。君を殺そうなんてとんでもない」

「ありがとうございます」

二人は門に背を向け、ゆっくりと歩き出した。

「どうだね、うちで紅茶でも？」

校長が提案した。ヨハンはにっこり笑う。

「いいですね。いただきます」

二人は何事もなかったかのように、最近読んだ本について語り始めた。

いつものように、ゆったりとした時間が流れている。

ここは陸の孤島《ことう》。静かな学園の午後。今日もヨハンの平穏な日常は続く。

攫われて◎小林泰三

■小林泰三（こばやし やすみ）

1962年、京都生まれ。大阪大学基礎工学部卒業、同大学院修了。現在、大手家電メーカーに勤務。

1995年、『玩具修理者』で第2回日本ホラー小説大賞短編賞を受賞しデビュー。以後、独特のダークなテイストと奇想が横溢した作品を次々と発表し、注目を集める。作品は「ホラー」と銘打たれることが多いが、その枠に収まりきらない、ミステリやSFの要素が大胆に投げ込まれ融合した特異な作風で、いくつものジャンルにまたがって熱烈なファンをもつ。

作品には、『玩具修理者』『ゆがんだ闇』『人獣細工』『肉食屋敷』（角川書店）といった短編集、『密室・殺人』『AΩ』（角川書店）、『記憶』（祥伝社）などの長編がある。特に最新作『AΩ』は、往年の特撮ヒーローを独自に、そして大胆に再構築したハードSFホラーとして、日本SF大賞候補作にのぼるなど注目を集めた。

「わたしたち、誘拐《ゆうかい》されたの。小学校から帰る途中《とちゅう》、公園で道草してた時に」唐突《とうとつ》に恵美《えみ》はそんなことを言い出した。

「誘拐って？　事件ってこと？　それとも何かの悪ふざけ？」僕は彼女に訊《き》き返す。

「事件よ。本物の事件」恵美はぼさぼさの髪《かみ》を毟《むし》るように掻《か》きながら言った。

二人の間に沈黙《ちんもく》が流れる。

ここは二人が暮らす部屋。前はもう少し整然としていたような気がするが、最近どんどん荒《すさ》んでいくように思える。洗っていない皿やインスタントの食べかすが部屋中に散乱している。元々テーブルがないこともあって、食べ物は床《ゆか》の上に置いて食べる習慣になっていて、薄《うす》っぺらな絨毯《じゆうたん》は食べ物の汁《しる》を吸い込んで焦茶色《こげちゃ》だ。このような状態になった原因の大部分は恵美の性格にあるのではないかと踏《ふ》んでいるのだが、彼女にそう切り出すようなことはしなかった。彼女は怒《おこ》ると手が付けられない。自分から厄介《やっかい》なことを招きたくはなかった。

恵美は生えっぱなしの髪の毛で半ば顔を隠《かく》して俯《うつむ》いていた。割《わ》り箸《ばし》の袋《ふくろ》が散乱する床の上で自分の足を抱《だ》くように座っている。

「そりゃ、初耳だよ」僕は、沈黙に耐《た》え切れなくなった。

恵美は僕の方をちらりと見たが、僕の発言自体は完全に無視して、ぽつりと言った。「わたしと幸子《さちこ》と馨《かおる》——放課後はいつもこの三人で遊んでいた。そして、三人一緒《いっしょ》にさらわれたの」

「聞いたような名前だな」

「本当？」恵美は少し顔を上げる。

「ああ。でも、よくある名前だし」

恵美はまた顔を伏《ふ》せる。「みんな、忘れ去られてしまうのね」

「それでどうなったんだい？　誘拐事件なんかしょっちゅうあるんで覚えてないんだけど」

「今となってはもう関係ないわ」恵美は諦《あきら》めたように溜《た》め息《いき》をついた。

「これは僕の完全な推測なんだけど、その事件が今の君の人格形成に影響《えいきょう》を与《あた》えたってことはないかな？」

「わたしの人格？」

「その……何に対してもやる気がないところとか、自暴自棄《じぼうじき》なところとか」

恵美は乾《かわ》いた笑い声をたてた。「そうかもしれないわ。わたしの人生で最大の事件だものね。あんなことを体験して、その後まともでいられる訳がないもの」

「話を聞きたいな」僕は思い切って言ってみた。

恵美はきょとんとして僕を見詰《みつ》めた。「本気なの？」

「ああ。本気だよ。それとも、話すと何か拙《まず》い事でもあるのかい？」僕は恐《おそ》る恐る尋《たず》ねた。

恵美はしばらく目を瞑《つぶ》っていた。「いいわ。話をしておくいい機会かもしれない」

「全部話してくれよ。僕は何を聞いたって驚《おどろ》かないから」

わたしたち三人はいつもの公園で遊んでいたの。三人ともまだ人生についてあれこれ考える余裕《よゆう》はなかったわ。砂場でままごと遊びをするのに忙《いそが》しかったこともあるけど、何よりまもなく始まる夏休みの予定で頭がいっぱいだったの。もちろん、宿題は山ほどあった。でも夏休みはとても長くて、充分《じゅうぶん》に遊んだ後で始めればいいと思っていた。あの日、わたしたちの心はもう夏休みに飛んでいたのね。公園から人影《ひとかげ》が消え、自分たちだけになっていることに気がついた時、もう日は沈《しず》みかけていた。でも、誰《だれ》も帰ろうなんて言わなかった。遊びは楽しかったし、たとえ夜になったとしても、大人たちが言うような怖《こわ》いことは何も起こりそうになかったもの。

その時、木陰《こかげ》から肩幅《かたはば》の広い男の人がゆっくり現れた。だらだらと汗《あせ》を流し、はあはあと苦しそうに息をしていたわ。「お嬢《じょう》ちゃんたち、お願いがあるんだけど、いいかな？」

わたしたちは互《たが》いに顔を見合わせた。知らない大人の人に話し掛《か》けられるのに慣れていなかったので、どう答えていいのか、わからなかったのよ。

「なに、難しいことじゃない。ちょっとしたことさ。おじさんはただお嬢ちゃんたちに道を教えて欲しいだけなんだ？」

「何の道？」最初に答えたのは馨だった。

「こ、公民館へ行く道だよ」男の人はどぎまぎと答えた。

「公民館？　よくわからない」馨は困ったように言った。

「あたし、知ってるわ」幸子が自慢《じまん》げに言った。「先週、おばあちゃんと一緒に行ったもの。あそこで手芸教室があったの」

「おじさんに教えてくれるかな、お嬢ちゃん」

「どうしようかな？　ちょっと遠いから」

「じゃあ、車に乗って行こう。公園の前に止めてあるから」

「だめよ、幸子」わたしは慌《あわ》てて言った。「知らない人に付いていっちゃあいけないのよ」

「えっ？」男の人に付いていこうとした幸子の足が止まった。

男の人は舌打ちをした。

「お母さんも、先生もそう言ってたよ」

「そうかい、お嬢ちゃんは大人の言い付けをよく守って偉《えら》いね」男の人はわたしの頭を撫《な》でた。「でも、どうして付いていっちゃあいけないのか、理由はわかっているのかな?」

「理由?……ええとね……」

「誘拐《ゆうかい》されるから」馨が口を挟《はさ》んだ。

「そうだ。よく知ってるね。悪い人に付いていったら、誘拐されてしまうかもしれないからね。でも、おじさんは悪い人じゃないから、付いてきても大丈夫《だいじょうぶ》なんだよ」

「本当に?」

「本当さ。それどころか、みんなに誉《ほ》められるかもしれないよ。困ってる人には親切にしなさい、っていつも言われてるだろう。おじさんは公民館の場所がわからなくて困ってるんだ。親切にしてくれなくちゃいけないよ」

幸子は男の人の言葉に頷《うなず》いて、また歩き出したの。

「待って!」わたしは食い下がった。「ひょっとしたら、そのおじさん悪い人かもしれないわ」

男の人は凄《すご》い形相でわたしを睨《にら》んだ。「お嬢ちゃん、言っていいことと悪いことがあるんだよ。初めて会った人を悪人呼ばわりするなんて随分《ずいぶん》と失礼じゃないか?」

「だって……だって……」わたしは自分が間違《まちが》っていないのはわかっていたけれど、大人に強く言われて、どう言い返せばいいかわからなかった。

「そうよ、恵美。人のことを悪く言ってはいけないのよ。おじさんに謝りなさいよ!」幸子はここぞとばかりにわたしを窘《たしな》めた。

馨はどちらが正しいか判断がつかなかったみたいで、きょろきょろと二人を見比べていた。

「困ったね。お嬢ちゃんたち、こんなところで喧嘩《けんか》をされたら、おじさん、どうしていいかわからないよ。そうだ。こうしたら、どうだろうか？」男の人はハンカチで汗を拭《ぬぐ》いながら言った。「三人ともおじさんと一緒《いっしょ》に来るんだ。それだったら安心だろ。もし、おじさんが悪い人で、一人を捉《つか》まえてもあとの二人が逃《に》げて警察に知らせればいいんだから」

「そうね。それがいいわ。ねえ、それだったらいいでしょ、恵美」

馨はそれで納得《なっとく》したようだったけど、わたしにはいい考えだとは思えなかった。でも、三人がわたしをじっと見詰めるので、反対はできなかった。

「それだったら、いい」わたしは渋々呟《しぶしぶつぶや》いた。

「よし、これで決まりだ」男の人は幸子と馨の手を握《にぎ》ると、さっさと歩き出したわ。幸子と馨は背の高さも同じぐらいで髪型《かみがた》も似ていたから、後姿だけを見ていると、双子《ふたご》みたいだった。わたしはしばらく三人が歩いて行くのをぼうっとみていたけど、仕方がないので、渋々後ろを付いていった。

公園を出ると、すぐに軽自動車があった。幸子は助手席に、馨とわたしは後部座席に座った。

男の人はすぐに発進すると、ぐんぐんスピードを上げだした。

「おじさん、こっちじゃないよ」幸子が不服げに言った。「公民館はあっちだよ」

男の人は何も答えなかった。

「ねえ。おじさん！」幸子は男の人の腕《うで》を掴《つか》み、揺《ゆ》すった。

「喧《やかま》しい！　静かにしろ!!」男の人は怒鳴《どな》りつけた。

わたしは目の前が真っ暗になったわ。

ああ。やっぱり、このおじさんは悪者だったんだわ。わたしたち、誘拐されたのだわ。

「おじさん、おじさん！　違《ちが》うよ。この道は間違ってるよ!!」幸子はべそをかいてた。

「静かにしろって言ってんだろ!!」男の人は拳《こぶし》で幸子の顔を殴《なぐ》りつけた。
二、三秒の間、幸子は無反応だった。そして、大声で泣き始めた。同時に噴水《ふんすい》のように鼻血が噴《ふ》き出した。
わたしと馨は恐怖《きょうふ》のあまりパニックになってしまった。

「降ろして！　降ろして！」

「止めて！　止めて！」

「煩《うるさ》い!!　黙《だま》れ!!　何度言やわかるんだ!!　糞餓鬼《くそがき》どもが!!」男の人——誘拐犯人はまた幸子を殴った。べちゃりと湿《しめ》った音がした。幸子はさらに大きな声で泣き出した。そして、床《ゆか》の上に吐《は》いた。吐いたものの中に歯が何本か混ざっていた。

「黙れ!!　黙れ!!　黙れ!!　黙れ!!　黙れ!!　黙れ!!　黙れ!!　黙れ!!　黙れ!!　黙れ!!　黙れ!!　黙れ!!　黙れ!!　黙れ!!　黙れ!!　黙れ!!　黙れ!!」男は何度も叫《さけ》びながら、

幸子の顔に拳を叩《たた》き込んだ。幸子はもう泣いていなかった。その代わり咳《せき》のようなしゃっくりのような不思議な声をしばらく上げたかと思うと、ばたばたと手足を振《ふ》りまわし、静かになった。時々、ぴくぴくと動いていた。

「やっと静かになったか。おい後ろのやつら！　おまえらも殴られたくなかったら、静かにしろ!!」

とても静かになどできなかった。わたしたちは声を限りに泣き叫んだ。

でも、その時、犯人はわたしたちを殴ったりはしなかった。わたしたちを殴るためには車を止めなくてはならなかったし、車を止めたら誰《だれ》かに見られたり、わたしたちが逃げたりすると思ったからだと思う。

日が完全に沈《しず》む頃《ころ》、車は山道に差し掛《か》かった。わたしと馨は泣き疲れて、啜《すす》り上げるだけになっていた。幸子は手足をだらりとさせ、ぐったりしていた。

「どこに行くんですか？」震《ふる》える声で馨が尋《たず》ねた。

犯人は何も答えなかった。

「おじさんは誘拐犯人ですか？」

「死にたくなかったら、余計なことはぐだぐだ言うな!!」犯人は苛立《いらだ》たしげに叫んだ。

「幸子を病院に連れていってください」

「んあ？　ちょっと殴っただけだ。病院なんか連れてかなくても……」犯人は横目でちらりと幸子の顔を見た。「うわ!!」犯人は驚《おどろ》いてハンドルを切り損ないそうになった。車体がぐらりと揺れる。「俺のせいじゃない。そいつが騒《さわ》ぐからいけないんだ!!」

「ねえ。幸子を病院に……」

「病院なんかにゃ行かねえ」

「だって、幸子は……」

「ちょっと殴っただけだっつってんだろが!!」犯人は喉《のど》が張り裂《さ》けそうな大声で言った。「畜《ちく》生《しょう》！　なんてこった。もう後戻《あともど》りはできなくなっちまった」

「おうちに帰してください」馨が言った。

「状況《じょうきょう》考えろ。帰れる訳ねえだろうが。おい、どっちが荻野《おぎの》寧子《やすこ》だ？」

わたしと馨は質問の意味がわからず、ぼんやりと男の後頭部を眺《なが》めていた。

「前に座ってるやつが荻野寧子か？……いや。さっき、おまえらこいつのことを幸子って言ってたな。……おい、どういうことだ?!」

二人とも何をどう答えていいかわからなかった。

「まさか、そんなこと……」犯人の声が小さくなった。「おまえら荻野寧子じゃねえのか?!」

「寧子は先におうちに帰ったよ」馨がほっとしたように言った。「じゃあ、人違《ひとちが》いだよ。寧子のおうちを教えてあげるから、車を戻《もど》して……」

「馬鹿《ばか》餓鬼が本気で言ってるのか?!　もうお終《しま》いなんだよ!!　何もかもおまえらのせいだ」男

はしばらく無言になった後、また喋《しゃべ》りだした。「おまえらの家は金持ちか？」

「わからない」馨が言った。

「おまえは？」

わたしも首を振った。

「どんな家に住んでる？　一戸建てか？」

「団地です」

「おまえは？」

「わたしも団地」

「こいつは？」犯人は顎《あご》で幸子を指した。

「幸子のおうちは三階建てよ」

犯人はまたちらりと幸子の方を見た。「畜生ついてねえ。一番金になりそうな餓鬼《がき》を俺は……。いや。まだ駄目《だめ》と決まったわけじゃない。こうなったら……」犯人はさらに車のスピードを上げたわ。

車はどんどん山奥に入っていった。いつの間にか目立たない脇道《わきみち》に入って、そこからさらに一時間程《ほど》進んでから、犯人は車を止めた。

「よし。おまえら外に出ろ」

わたしと馨はびくびくと外に出た。外は真っ暗で、車のヘッドライトが照らしているところだけしか様子はわからなかった。様子がわかると言っても、何本かの木とうっそうとした茂《しげ》みが見えているだけだったけど。足元はずるずるとした泥《どろ》で、虫の声が微《かす》かに聞こえた。見上げると、星の海に山や木の影《かげ》がくっきりと見えていた。

「逃《に》げようなんて思うなよ。子供の足じゃ絶対麓《ふもと》まで辿《たど》りつけないぞ。途中《とちゅう》で山犬に見付かって喰《く》われちまうのが落ちだ。おい。二人でこいつを運び出せ」

わたしたちふたりは命じられるままに、泣きながら幸子を運び出した。ぐったりしていて、とても重たかった。

「幸子大丈夫《だいじょうぶ》かな？　生きているのかな」馨が心細そうに言った。

「よくわからないわ。死んだ人を見たことがないから」

犯人は車のエンジンを切ると同時に、懐中《かいちゅう》電灯を取り出した。「よし、そいつを持ったまま、俺についてこい」

わたしと馨は動かない幸子を運びながら、犯人に付いていった。犯人が照らすところだけに世界があった。その他の場所はまだ世界ができていなくて、まだどろどろでわたしたちは始まる前の世界のどろどろの地面とどろどろの空気の中をどろどろになって進んでいた。どろどろの怪物《かいぶつ》たちがどろどろの森の中からわたしたちを睨《にら》んでいた。怪物は何百匹《ぴき》も何千匹もいた。

わたしは幸子の足を持って、馨は幸子の頭を持っていた。幸子は重くて、わたしたちは何度も落としそうになった。その度にわたしたちはなんとか持ち堪《こた》えた。馨は幸子の耳をぐいっと摑《つか》んで引っ張ったので、幸子の首は変なふうに曲がった。喉のところから何か音がした。幸子の呻《うめ》き声なのか、別の音だったのか、よくわからなかった。そして、ついに手が痺《しび》れて、幸子を落としてしまった。

「落とさずにちゃんと持て!!」犯人が怒鳴《どな》った。

わたしたちは慌《あわ》てて、幸子を持ち上げようとしたが、もう疲《つか》れてしまって、どうしても持ち上げられなかった。仕方がないので、頭と手を摑んで幸子を引き摺《ず》っていく事にした。地面はどろどろだったけど、ところどころに大きな石が埋《う》まっていて、幸子は何度も引《ひ》っ掛《か》かった。引っ掛かると、バランスを崩《くず》し、わたしたちは尻餅《しりもち》をつく。幸子の頭はごろんと地面にぶつかる。これの繰《く》り返しだった。

そうやって、何十分か何時間か歩いていると、突然《とつぜん》目の前に小屋が現れたわ。木で出来た粗《そ》末《まつ》な造りで、今にもお化けが出そうだった。

犯人は小屋に入ると、明かりをつけた。

「よし。おまえら中に入れ」

入ると同時に二人は幸子を床《ゆか》に投げ出し、疲労《ひろう》のあまり倒《たお》れ込んでしまった。床の上には埃《ほこり》が溜《た》まっていて、それが煙《けむり》のように部屋いっぱいに広がって、天井《てんじょう》を覆《おお》い尽《つ》くす蜘蛛《くも》の巣に被《かぶ》さった。

犯人は時計を見た。「もうおまえらの親たちはおまえらがいなくなったことに気付いているはずだ。住所と電話番号を教えろ」

　馨はすぐに教え始めた。

「教えちゃ駄目！」わたしは馨を止めた。

「邪魔《じゃま》をするな！　おまえらの親に電話して迎《むか》えに来てもらうんだぞ」

「嘘《うそ》だわ！」

「煩《うるさ》い!!」犯人はわたしの髪《かみ》の毛を摑んで、持ち上げた。「素直に教えりゃ、すぐ親を呼んでやるっつってんだよ！」

「だって、住所を教えてしまったら、わたしたちを殺すつもりなんでしょ」

「ちっ！　こましゃくれた餓鬼だ。……ああ。そうだよ。一人殺すも二人殺すも同じだからな。だがな、住所を教えてくれれば、少しの間は生かしてやる。もし教えなかったら、今すぐ殺す!!」

「絶対教えない」

「この餓鬼ぃぃぃぃぃぃぃ!!」犯人は真っ赤な顔をして、わたしに襲《おそ》い掛かってきた。

「馨！　逃げて!!」わたしは必死でもがきながら叫《さけ》んだ。

　馨は一瞬呆然《いっしゅんぼうぜん》としていたけれど、わたしの言葉の意味がわかったのか、小屋から飛び出していった。

「畜生《ちくしょう》!!」犯人は思いっきりわたしの顔を殴《なぐ》ったわ。顔が爆発《ばくはつ》したみたいだった。ごおんごおんと音が響《ひび》いて、何もかもが小さく遠くなって、体がなくなっていくみたいな感じだった。

わたしも逃げなくちゃ……。

そう思ったけれど、なんだかぼうっとして、どうしても体に力が入らなかったの。

どのくらいたったのか、気が付くと、馨の泣き声が聞こえてきた。目を開けると、目の前に馨の姿があった。床に倒れて泣いていた。可哀想《かわいそう》に馨の顔はぱんぱんに腫《は》れていた。

「逃げようなんて思うから、こんな目にあうんだ」男は馨を蹴《け》り飛ばした。

いつの間にか、外は少し明るくなっていたわ。

小屋の中にはたくさんの食べ物や水があったから、しばらくはここで暮らせそうだった。犯人は一人でがつがつと冷たいままのインスタント食品を食べ、食べ残しを床に捨てて、わたしたちに食べさせた。そして、お腹《なか》が一杯《いっぱい》になると、ドアの前の床に横になり、ぐうぐうと鼾《いびき》をかき始めた。

「今なら、逃げられるんじゃないかな？」わたしは馨に提案した。

「駄目《だめ》。ドアを開ける時に絶対に気付かれちゃう」

「じゃあ、窓は？」

二人はよろよろと立ち上がり、背伸《せの》びをして窓から外を眺《なが》めた。

窓の外は切り立った崖《がけ》になっていた。下まで十メートル以上ありそうだった。

「さっき外に出た時、小屋の周りはどんなだった？」

「まだ暗くてよくわからなかったけど、だいたい木ばっかりだった。小屋のすぐ裏は崖になっていて、その下はススキみたいな背の高い草がいっぱい生えていて、地面はよく見えなかったよ」

「窓と崖との間に立てるような場所はなかった？」

「よくわからない」

わたしは小屋の中を見まわしてみた。机か椅子《いす》があれば、それに乗って窓の下を覗《のぞ》いてみようと思ったのよ。でも、小屋の中には何にもなかった。

「肩車《かたぐるま》してみようか？」わたしは馨の耳元で囁《ささや》いた。「そうすれば、窓から外に出られるかもしれないよ」

「でも、肩車させてあげた方は逃《に》げられないよ」

「先に窓枠《まどわく》に上った方が引っ張り上げればいいじゃない」

「そんなの絶対無理」馨はいやいやをするように首を振《ふ》った。

「わたしが先に上るわ。わたしの方が力はあるから」

目論《もくろ》み通りにはいかなかった。馨はわたしの股《また》の間に首を突《つ》っ込んだまま、うんうんと唸《うな》るだけで、ぴくりとも持ちあがらない。

「やっぱりわたしが下になる」

「でも、恵美を引っ張り上げるのは無理だって」

「だったら、引っ張り上げなくてもいい。一人で逃げて、大人の人にここの場所を教えるの」

「駄目だよ。さっきも逃げたけど、捕《つか》まっちゃったし」

「さっきはどうして捕まったの？　せっかく逃げられたのに。あいつ足速かった？」

「ううん。そんなには速くなかった。でも、いつまでも追い掛《か》けてきた」

「隠《かく》れればよかったのに」

「隠れるところ、見られたらすぐ捕まるじゃない」

「だから、目につかないようなところに回り込めばいいの」

「そんなこと、できればとっくにやってるってば」

「馨のぐず!!」

馨はしばらく涙《なみだ》を堪《こら》えようとしていたようだったが、やがて目から大粒《おおつぶ》の涙が零《こぼ》れて、そして声を殺してしくしくと泣き出した。

「ごめん、馨。そんなつもりじゃ……」

「恵美はあいつに追いかけられなかったから、だからどんなにあいつのことが怖《こわ》かったか、わからないんだよ」

「わかったから、もう泣かないで。あいつが目を覚ます」

「いいじゃん。別に。どうせ逃げられっこないんだから」

「逃げなくちゃ駄目。ここにいたら、いつか殺されちゃう」

「でもどうやって？」

「考えるの。何かいい方法がきっとある」

わたしたちは必死で考えた。でも、そんな思案も空《むな》しく、やがて犯人は目覚めてしまった。

「どうだ、餓鬼《がき》ども？　住所を教える気になったか？」

二人とも返事をしなかった。

「そうか、だんまり作戦のつもりか。だがな、大人を怒《おこ》らせたら怖いぞ。おまえらなんて一捻《ひね》りだ」犯人は口《くち》の端《はし》をいやらしく歪《ゆが》めた。「まあ、いいだろう。時間はたっぷりある。別に今日でなくたって、明日でもいいんだ。いや。来週でも、来月でも構わない。ここにはたっぷり食料が用意してある。その間ずっと痛めつけるのも可哀想だから、時々は可愛《かわい》がってやってもいいんだぜ」犯人は舌舐《なめず》りをした。

その日はとても酷《ひど》い日だった。悪夢のようだった前の日ですら天国のように思えるぐらいだった。わたしも馨もぼろぼろになって、幸子と同じように床《ゆか》に倒《たお》れ伏《ふ》した。

犯人はまたインスタント食品を貪《むさぼ》ると、ドアの前で鼾をかき始めた。

「あいつ、絶対に許さない」馨は目に涙をいっぱい溜《た》めて、犯人を睨《にら》んでいた。

「あいつを睨んでいても仕方ないわ。今は眠《ねむ》った方がいい。あいつが起きたら、また眠れなくなってしまう」

「眠らない。あいつが側《そば》にいる間は死んでも眠らない」

「じゃあ、起きてればいいわ。でも、無駄《むだ》に目を覚ましているだけじゃ駄目《だめ》。あいつから逃げる方法を考えるの」

「でも、ドアの前にはあいつが寝《ね》ているし、窓は高すぎるし……」

「あいつをドアから離《はな》れさせることはできないかな？」

「絶対、無理。動かそうとしただけで、目を覚ましちゃう」

本当に？　何か方法はないかしら？

わたしは小屋の中のあちらこちらをきょろきょろと見回した。隠れる所はどこにもない。物入れ一つない。あるのはインスタント食品と缶詰《かんづめ》の山とペットボトル入りの水だけ。もちろん、山と言っても子供が隠れる程《ほど》の大きさはなかった。

でも、わたしの心は何かに引っ掛かっていた。何かに。

そして、わたしは突然《とつぜん》それが何かということに気付いてしまった。

「あいつを出し抜《ぬ》く方法が一つだけある」わたしは興奮のあまり思わず叫《さけ》びそうになってしまった。

「どうしたの？　怖い顔をして」

「仕方がないの。わたしたちとても怖いことをしなければならないから」

「怖いこと？」

わたしは馨に作戦を耳打ちした。

「そんなこと本当にできる？」馨は不安げに言った。

「大丈夫《だいじょうぶ》。二人が力を合わせればきっとできるはずだよ」わたしは馨を元気付ける。

「本当にそんなことしてもいいの？」

「わからない」わたしは首を振《ふ》った。「でも、しなくちゃいけない。それしか方法がないんだから」

「もし、あいつにばれたら？」

「逃げるのに失敗したって、別に今より悪くなるわけじゃない。馨は逃げられるかもしれない。うまくいけば、わたしも。どっちに行けばいいのか、わからないけどとにかくできるだけ遠くに逃げるの」

馨はしばらくの間、決心がつきかねる様子で、ぶるぶると震《ふる》えていたけど、そのうち真っ青な顔で頷《うなず》いた。「わかった。今すぐ始める？」

「もう一人のやつはどこに行った?!」犯人は目を覚ますと同時に異変に気付いたようだった。

わたしは犯人を睨み返した。「知らない。知っていても言わない」そして、ちらりと窓の方を見た。

犯人は小屋の中のあちらこちらに目を配りながら、ゆっくりと窓に近付く。

夕暮れが近付いていた。

犯人は窓を開けると、少し身を乗り出し下を見た。「畜生《ちくしょう》。草が多くてよく見えねえ」

わたしは音を立てないようにして、ゆっくりと犯人に近付いた。

今ならできるかしら？　わたしは頭の中で想像してみた。犯人を窓から突《つ》き落とすには、体を持ち上げなければならない。でも、わたしの力では持ち上げるどころか、動きを止めることすらできそうになかった。じゃあ、どうすれば……。

突然、犯人が振り向いた。「おまえ、俺を突き落とす気か?!」ぎろりとわたしを睨んだわ。

わたしは首を振った。「そんなこと無理に決まってるじゃない」

「確かに無理なように思える」犯人は窓の外と小屋の中を交互《こうご》に何度も見比べた。「しかし、おまえたちは現にできそうにもないことをやってのけている。……いったい、何を企《たくら》んでいるんだ？」

わたしは何も答えず微笑《ほほえ》んでみせたの。

犯人の表情は険しくなった。顔は真っ赤になり、握《にぎ》り締《し》めた拳《こぶし》がぶるぶると震えていた。

「この餓鬼……俺を馬鹿《ばか》にしやがって！　あいつらと同じだ!!　絶対に見返してやる。俺の凄《すご》さを思い知らせてやるんだ!!」犯人はわたしに向かって一歩足を踏《ふ》み出した。顔を殴《なぐ》るのにちょうどいい距離《きょり》だった。

でも、わたしは一歩も動かなかった。

犯人がわたしを殴ることに気をとられれば……。ただ、少し位置が悪かった。なんとか、わたしが窓側に回らなくっちゃ。どうすればいいのかしら?

すぐにはいい考えは思い付かなかった。

犯人は手を振り上げた。

わたしは歯を食い縛《しば》ったけど、目は瞑《つぶ》らず犯人の顔をじっと見詰《みつ》めていた。

犯人ははっとしたような顔をして手を下ろした。「なぜ逃《に》げない?」

しまった。気付かれた? ううん。まだ、大丈夫よ。焦《あせ》らなければ、絶対にうまくいく。

「何か仕掛《しか》けがある。そうだろう。おまえは俺が何かをするのをじっと待ってるんだ」犯人は手の甲《こう》で額の汗《あせ》を拭《ぬぐ》った。窓から射《さ》し込む夕日を浴びて、汗は血のように見えた。

わたしは相変わらず何も答えなかった。

犯人は物凄《ものすご》い顔つきでじっとわたしを睨《にら》んでいたけど、ふっと力を抜いて笑い出した。「おまえは恐《おそ》ろしく頭の切れる餓鬼だ。だがな……結局大人には勝てないんだ。このゲームは圧倒《あっとう》的《てき》におまえが不利なんだ」

「そんなことわからないわ。子供が大人を騙《だま》すことなんてそんなに難しくない。一休《いっきゅう》さんと将軍足利義満《あしかがよしみつ》の話は知ってる?」

「くだらん御伽噺《おとぎばなし》だ。あんなのは全部作り話だ。嘘《うそ》っぱちなんだよ」

「そうかしら? 絶対に嘘だといえる?」

「ああ。言えるさ」犯人はわたしの顎《あご》を指で少し持ち上げた。「大人が子供にこけにされて、黙《だま》ってるはずがないからさ。俺が将軍だったら、小賢《こざか》しい屁理屈《へりくつ》をいう坊主《ぼうず》はとっ捕《つか》まえて、首根っこをへし折って、叩《たた》っ殺してやるぜ」犯人はにやりと笑った。

わたしの心臓はどくんどくんと大きな音を立てた。頭がぼうっとして、とても痛くなって、目の前が明るくなったり、暗くなったりした。息もうまくできなくなって、そのまま座り込んでしまいそうになった。

殺されるかもしれない。でも、殺されるのなら精一杯抵抗《せいいっぱいていこう》しよう。わたしを殺すのに手間取るだけ、馨にはチャンスが増えるもの。

「足利義満はあんたほど、酷《ひど》い人じゃなかったかもしれないわ。少なくとも子供にこんなことはしなかったと思うわ」

馨は我慢《がまん》できるかしら？　今はまだ早いわ。わたしに気をとられているけど、それだけじゃあ、充分《じゅうぶん》じゃない。

「そうかもな。俺は子供にどんな酷いことでもできるからな」犯人は顔を歪《ゆが》ませてまた笑った。

そして、眉《まゆ》を顰《ひそ》めたの。「話を長引かせようとしているのか？　それとも、俺の注意を逸《そ》らそうとしているのか？」犯人はわたしの目を覗《のぞ》き込んだ。「けっ！　いけ好かない餓鬼《がき》だ。……まあ、いい。いつまでもこうしているわけにはいかない。どんな手品を使ったのかはわからんが、もう一人の餓鬼が逃《に》げ出したのは間違《まちが》いない。そして、なぜかおまえは一緒《いっしょ》に逃げなかった。理由は簡単だ。おまえには何かの役目があるんだ。それは何だ？」

わたしは口を噤《つぐ》んだ。

「答える必要はない。とても簡単なことだ。つまり、おまえは俺を足止めしようとしてるんだ。あいつが少しでも遠くに逃げられるように時間を稼《かせ》いでいる。そうだな」

「そうだと思ったら、すぐに馨を追いかけたらいいじゃない」

「……」

しまった。焦り過ぎたかもしれない。感づかれたかも……。

犯人は思案し始めた。「俺があの餓鬼を追って外に出たら、おまえはきっと逃げ出すだろう。それが狙《ねら》いか？　ふん。この前みたいに立てなくなるまで殴ってやろうか？　でも、それだと、馨とかいう餓鬼を探すのに手間取っている間に目が覚めて逃げられちまうかもな。もっと、思いっきり殴っておこうか？」

わたしはぎくりとした。こいつならやりかねないと思ったのよ。

「いや。これ以上やると、死んじまうかもしれない。殺したって構わないけど、そこは冷静に対処しないとな。身代金《みのしろきん》を渡《わた》す前に声を聞かせてくれと言われるかもしれない。万一、捕まった時に二人も殺してちゃあ、死刑《しけい》になっちまうかもしれない。一人なら無期懲役《ちょうえき》で、模範囚《もはんしゅう》になりゃあ、十年程《ほど》で出てこれるだろう」

「今すぐ、わたしを逃がしてくれたら、もっと罪は軽くなるわ」

「俺が捕まるってのは万一の話だ。俺はそんなどじはまず踏《ふ》まねえ。……とにかく今は馨を捕まえることが先決だ。そして、そのためにおまえを動けなくすることもだ」男はポケットの中を探《さぐ》った。

わたしはきっと手錠《てじょう》か何かを出すんだと思った。

それは大きなナイフだったの。カッターナイフよりずっと大きくて、殆《ほとん》ど包丁と言ってもいいぐらいだった。

わたしはついに後退《あとずさ》ってしまった。

「なんだ。全然意気地《いくじ》がねえじゃないか。さっきまでの威勢《いせい》はどうしたんだよ?」犯人は刃《は》をぺろりと舐《な》めた。

「さっき、殺したら死刑になるって、自分で言ってたのに」

「殺しゃしないよ。動けなくするだけだ。どこがいい? 目玉を抉《えぐ》り出せば逃げられないよな」

「わたし、一人になっても逃げないわ。だから……」わたしは必死で言った。

「今更《いまさら》そんなことを言って誰《だれ》が信じる?」

「じゃあ、ロープか何かで手足を縛って」

「残念なことにここにはロープも紐《ひも》もない」

「作ればいいわ。服を細く裂《さ》いて、それを束ねて……」

「そんな辛気《しんき》臭《くさ》いことしてられるか! あいつはもうかなり遠くまで行ってしまったのかもし

れないんだぞ」

「じゃあ、馨を探しにいくのにわたしも連れて行って。そうすればずっと見張ってられるわ」

「山道を子供連れで歩けってか？　それこそおまえらの思う壺《つぼ》だ。つべこべ言わず観念しろ!!」犯人はわたしの顔を抑《おさ》えつけて瞼《まぶた》に指を押し当てた。

「ひぃ！」わたしはめちゃくちゃに暴れ捲《まく》った。

「畜生《ちくしょう》!!　そんなに暴れたら、手元が狂《くる》って顔中ぐちゃぐちゃになっちまうぜ!!」

犯人は脅《おど》して静かにさせようとしていたんだろうけど、わたしは構わず暴れつづけた。目を抉り取られたら、取り返しが付かないもの。

「ええい。じゃあ、目は止《や》めてやるよ」

わたしは安心して一瞬《いっしゅん》、力を抜《ぬ》いた。

犯人はわたしの足首を掴《つか》むと宙吊《ちゅうづ》りにした。スカートが顔にかかって、犯人が何をしているか、わからなかった。

右膝《みぎひざ》の後にひやっとした感覚があった。火を押しつけられるような燃える感覚に変わった。わたしは暴れようとしたけれど、宙吊りになっているので、体をぶらぶらと揺《ゆ》するのが精一杯《せいいっぱい》だった。

足の痛みは耐《た》えられない程になった。わたしは絶叫《ぜっきょう》した。何かが膝の裏側に突《つ》き刺《さ》さっていることがわかった。その鋭《するど》い形がわたしの足の中で動き、膝の関節をばらばらにしようとしていたの。

「糞《くそ》っ‼　うまく力が入らねえ」

わたしは頭から床《ゆか》に落下した。首が変なふうに捩《ねじ》れ、全身に電流が流れたような気がした。

犯人はわたしの体をうつ伏《ぶ》せにして、わたしの足を自分の膝で抑えつけた。また、炎《ほのお》の痛みが戻《もど》って来る。

わたしはなんとか体を捻《ひね》って、自分の足に起こっていることを見た。

わたしの膝の裏側にナイフが突き刺さっていた。それを犯人が力任せに動かして、足を切り開こうとしていた。

わたしは繰《く》り返し絶叫した。「お願い。わたしの足を切らないで！」

「心配するな。足を切り落とそうってんじゃねえ。ただ筋を切るだけだ。これで二度と歩けなくなる」

あまりの痛みでわたしは暴れることもできなくなった。息をすることもできない。

犯人はナイフに体重をかけた。ずぶずぶと刃が入り込み、不思議な音がした。

「切れたのかな？　おい。おまえ、足を動かしてみろ」

わたしには足を動かす気力は残っていなかった。

「動かそうとしてるのか？」

わたしは返事をすることもできなかった。

「仕方ねえな」

足がすっと軽くなった。ナイフが抜かれたのよ。血が勢いよく噴《ふ》き出して、床が真っ赤に染まったわ。

突然《とつぜん》、別の痛みが足を襲《おそ》った。まるで、足首が爆発《ばくはつ》したような感じだった。

「足首にナイフを刺しても動かないってことはちゃんと筋は切れてるみたいだな。念のため、こっちの足にもっと……」

左足に痛みが走った瞬間《しゅんかん》、わたしは反射的に足を蹴《け》るような動作をしてしまった。ナイフは宙を飛び、馨のすぐ近くに落ちた。

わたしは唇《くちびる》を嚙《か》み締《し》め、声を上げるのをなんとか我慢《がまん》した。

馨、頑張《がんば》って。今ばれたら、何もかも水の泡《あわ》よ。

犯人はゆっくりと歩いてナイフを拾った。

馨は息を殺しているようだ。

そう。わたしのことは気にしないで。

犯人は気付かずに戻って来た。「なるほど当然こっちの足はまだ動くってことだな」

今度は左足が抑えつけられた。

なんとか耐えなくっちゃ。これが終わればあいつは馨を追い掛《か》けて、外に出て行くはず。わたしはもう歩けないけど、馨が逃《に》げ出せれば助けを呼んでもらえる。馨も怖《こわ》いだろうけど、もう少し頑張るのよ！

でも、それは到底耐《とうてい》えられるような痛みじゃなかった。わたしは声がかれるまで叫《さけ》びつづけ、挙句《あげく》の果てに胃の中のものを何もかも吐《は》き出してしまった。

「けっ！　汚ねえな。後でちゃんと始末しとけよ。自分のことは自分でやるんだ。もちろん、この血もな」犯人はわたしの足をねじ切るようにして、ナイフで膝の中をめちゃくちゃにかき回した。「こんなもんかな」

両足から泉の様に血が流れ出していた。

大丈夫《だいじょうぶ》。こんなことでは死んだりしない。絶対に死んだりしない。そうに決まってる。病院に行けばこの足も治る。きっと治る。

犯人はわたしのスカートの裾《すそ》でナイフの血を拭《ぬぐ》って、ポケットに突っ込んだ。「これで安心だ。俺が小屋から離《はな》れても、おまえは逃げられない。警察をとっ捉《つか》まえたら、そいつも同じ目にあわせてやることにするぜ。そうすりゃ、ぐっすり眠《ねむ》れる」

犯人は鼻歌を歌いながら、小屋から一歩足を踏《ふ》み出した。

ついにこの時が来た。でも、まだよ。もう少しあいつが小屋から離れるのを待って、そして……。

犯人の動きが止まった。

わたしは血の海にうつ伏せになったまま、息を呑《の》んだ。

「大丈夫。気付かれたはずはないわ」

「ちょっと待て。何かが引っ掛かる」犯人はゆっくりと振《ふ》り返る。「おい。馨はどうやってこの小屋から出たんだ？」

「……言わない」わたしは息も絶え絶えになって言った。

犯人は小屋の中に戻ってわたしの足を踏み付けた。

わたしは体をのけ反らした。

「言え。馨はどこから出ていった？」

「そこの……出口からに決まってるじゃない」

「嘘《うそ》だ。俺はずっと出口の前で眠っていた。そこから出たのなら、絶対に気付いたはずだ」

「ぐっすり眠っていたから気付かなかったのよ」

「俺は眠る前にドアの隙間《すきま》に泥《どろ》を塗《ぬ》っておいたんだ。もしドアを開けたのなら、泥は崩《くず》れていたはずだ。だが、泥はそのまま乾《かわ》いていた」

わたしの位置からドアはよく見えなかった。だから、犯人が本当のことを言ってるのか、かまをかけているのか、判断できなかったの。

犯人はさらに体重を掛けてきた。「さあ、本当のことを言え」

「ひょっとしたら窓から逃げたのかも」わたしはあまりに痛くて頭が回らなくなっていた。

「おまえらの背の高さで窓から逃げられるものか」

「馨は体育が得意だったから……懸垂《けんすい》の要領で……」

「そんな力があったら、おまえを引き上げて一緒《いっしょ》に逃げたはずだ」犯人は窓枠《まどわく》を眺《なが》めた。「おまえが肩車《かたぐるま》をしたら、出られないことはないかもしれない。そうしたのか？」

「そうよ。わたしが窓から逃がしたの。だから足をどけて」

犯人には足を上げる気はなかったようだ。「どうも腑《ふ》に落ちない。窓の外はすぐ崖《がけ》になっている。外に立てる余地はない」

「わたしたちの背では窓のすぐ下はよく見えなかったの」

「そうだな。でも、窓枠に上った時点で気付くはずだ」

「一《いち》か八《ばち》か飛び降りたの！」わたしは叫んだ。

「そうかもしれない。だとしたら、馨はこの下でくたばってる可能性が高い。でも、もしそうじゃなかったら？　……どうした。顔色が変わったな」

「足が痛くて……」

犯人はわたしの言葉を無視して、こめかみに指を当て目を瞑《つぶ》った。

これが最後のチャンスかもしれない。次にあいつが目を開ける時には何もかも気付かれた時かもしれない。でも、今なら、あいつが目を瞑っている今ならほんの少しの可能性がある。

わたしは馨に合図を送ろうとした。しかし、馨はわたしを見ていなかった。

犯人は目を開いた。「なるほど。そういうことか、謎《なぞ》が解けたぞ」

「謎ってなんのこと?」

「最近の子供はよく悪知恵《わるぢえ》が働く。もう少しで騙《だま》されるところだった」犯人はわたしの足から降りた。「馨の姿が見えないので、俺はあいつが逃げ出したと思い込んでいた。だが、それがおまえたちの手だったんだ。この小屋からの出口は二つ。ドアと窓だ。そして、ドアの前には俺が眠っていたし、窓の外は断崖《だんがい》だ。出口は二つとも塞《ふさ》がっていたということだ。つまり、ここは密室だったんだ。」

わたしは口を開きかけた。

「俺が気付かなかったとか、窓から飛び降りたとかいう戯言《たわごと》はたくさんだ」犯人は勝ち誇《ほこ》ったように言った。「出口がないところからは出ることはできない。これほど確実なことはない。馨はこの部屋から出なかったんだ。では、馨はどこに行ったのか? 蒸発しちまったのか? とんでもない。やつはここに隠《かく》れている」

わたしの体からがっくりと力が抜《ぬ》けてしまった。

万事休《ばんじ》すだわ。

「では、どこに隠れているのか? 一見すると、この部屋には隠れるところはないようだ。でも、一つだけ方法があったんだ。隠れる場所がない時、どうやって隠れる? 簡単だ。隠れるための場所を作ればいい。もし地面があるなら、穴を掘《ほ》ればいいし、押し入れがあったら、中の布団をほうり出せばいい。そして、土や布団は窓からぽいだ。だが、この小屋の中には地面も押し入れもない。俺が眠《ねむ》っている間に壁《かべ》や天井《てんじょう》に子供の力で穴を開けることはできない。もちろん、食い物の陰《かげ》に隠れることもできない。たった一つの可能性——それはおまえらの仲間の死体だ」

馨はその瞬間《しゅんかん》、すっくと立ち上がった。身には幸子の服を纏《まと》っていた。そして、戸口に向かって、走り出そうとした。

だが、犯人は馨よりも遥《はる》かに素速かった。馨の腕《うで》を握《にぎ》ると、そのまま床《ゆか》の上に引き摺《ず》り倒《たお》した。

「まさか、自分の友達の死体を素《す》っ裸《ぱだか》にして、窓から捨てるとはな。全く呆《あき》れたもんだ」

「誘拐《ゆうかい》犯にそんなこと言われたくない!!」

「黙《だま》れ、糞餓鬼《くそがき》！　おまえらにはほとほとうんざりなんだよ。どうして俺がおまえらを相手に探偵《たんてい》ごっこなんかしなくちゃならねえんだ？」犯人は膝《ひざ》で馨の鳩尾《みぞおち》を蹴《け》った。

「うっ！」馨は腹を押さえて蹲《うずくま》った。

「どうやって、死体を窓まで持ち上げたんだ？」

「二人掛《が》かりでなんとか頑張《がんば》って……」馨が苦しげに言った。

「なるほど。二人でやりゃあ、できるかもな。おまえの服は？　幸子の死体に着せたのか？」

「ちゃんとは着せてない。手足に絡《から》めるようにしただけ」

「そして、死体が着てた服を自分が着たわけか。まったくたいした神経だぜ。死体の服だぞ。薄気味《うすきみ》悪くないのか？」犯人は馨の髪《かみ》の毛を摑《つか》み、引っ張り上げた。

馨は犯人を上目遣《うわめづか》いに睨《にら》み、何も答えなかった。

「さて、どうしてやろう？　こんなことをしたお仕置きをしなくっちゃな」犯人は邪悪《じゃあく》な笑《え》みを浮《う》かべた。「恵美の方は足の筋を切ってやったから、まあいいだろう。馨はどうしようかな？」

「馨は悪くないわ。わたしの考えた作戦だもの」

「誰《だれ》が考えたかということは重要じゃない。おまえたちは二人して俺を引《ひ》っ掛《か》けようとした。これは絶対に許されないことだ。上下関係ははっきりさせとかなきゃな」犯人は馨の喉《のど》に手を掛けた。「おまえには死んでもらう」

馨は暴れ出した。でも、犯人の指はもう馨の喉に食い込んでいた。馨は口から泡《あわ》を噴《ふ》き出した。

「やめて!!　罪が重くなるわ!!」

「仕方がない。俺はずっと起きておまえらを監視《かんし》するわけにはいかないんだ。二人より一人の方が見張りやすい。二人とも生かしておいて逃《に》げられたら、元も子もない。背に腹は代えられないもんな。それに身代金《みのしろきん》をとるのには一人いれば充分《じゅうぶん》だしな」

「馨も足の筋を切ればいいわ」

「また残酷《ざんこく》なことを言ってくれるね。友達を窓から捨てただけのことはある」

「お願い」

「駄目《だめ》だ。歩けない餓鬼《がき》を二人も面倒《めんどう》を見るなんてご免《めん》だ。それに俺はこいつを殺すことに決めちまったもんでね」

馨の手足から力が抜け、だらりと垂れ下がった。ぴくぴくと力なく痙攣《けいれん》していた。

「おやおや。呆気《あっけ》ないな。もうお終《しま》いみたいだぞ」犯人は指にさらに力を込めた。

馨は白目を剝《む》き、それっきり動かなくなった。

「一丁上がり」犯人は馨の喉から手を離《はな》した。馨の頭が床にぶつかり、鈍《にぶ》い音を立てた。

「さてと」犯人は一仕事終えたと言わんばかりに両手をぱんぱんと叩《たた》いたわ。「恵美、やっと二人きりになれたね」犯人は大声でげらげらと笑った。

「きっと報《むく》いが来るわ」

「はてさて、どんな報いかな？　俺に報いが来るなら、おまえにも来るぞ。おまえは友達を裸《はだか》にして、窓から捨てた。そして、おまえの立てた下手な作戦のせいでもう一人の友達まで死んじまった。それに」犯人はわたしに顔を近づけた。「親にも言えないようなことをしたんじゃないのか？」

わたしは犯人に殴《なぐ》りかかった。でも、すぐに両腕《りょううで》を摑まれ、床に押しつけられた。

「どうやら、まだお仕置きが足りないようだな。仕方のない子だ」犯人はまたナイフを取り出した。「今度は腕の筋を……」犯人の言葉が止まった。戸口を見詰《みつ》めている。目を見開き、ぽかんと口を開けている。手からナイフがぽとりと落ちた。何か言葉にならない声を上げ、床の上に尻餅《しりもち》をついた。両手で床を押して後退《あとずさ》ろうとしていた。

わたしは戸口を見た。声が出なかった。そこには襤褸《ぼろ》雑巾《ぞうきん》のような塊《かたまり》があった。なんだか人の形のように見えた。もしそれが人だとしたら、ずいぶん奇妙《きみよう》な恰好《かつこう》だった。全身酷《ひど》い怪我《けが》をして血塗《ちまみ》れな上に殆《ほとん》ど全裸《ぜんら》で手足に襤の服を巻きつけていた。両手とも骨がないみたいにぶらぶらしていたし、脇腹《わきばら》からは骨が飛び出していたし、お腹《なか》や首には枝が突《つ》き刺《さ》さっていた。胴《どう》体《たい》も変なふうに曲がっていたし、頭の形もおかしかった。そして、顔はどこに目鼻があるのかもわからないぐらいにつぶれていた。

「ひっひゃひゃひゃひゃひゃひゃ!!」犯人は叫《さけ》んだ。「違《ちが》う。違う。殺す気はなかったんだ」ばたばたと手足を床に叩きつけるだけで、どちらにも進まなかった。と、突然《とつぜん》、逃げるのを諦《あきら》めて、わたしを指差した。「こいつだ。こいつ。止《とど》めを刺したのはこいつだ」

幸子はわたしの方を見ていなかった。ううん。見ていたのかもしれなかったけど、わたしには幸子がどこを見ているのかなんてわからなかった。幸子はただゆっくりと犯人の方に歩いていったの。

「く、来るな。来るな」犯人は何度も立ち上がろうとしたけれども無理だった。

幸子が犯人の上に覆《おお》い被《かぶ》さった。

犯人のズボンが膨《ふく》れ上がった。水のようなものが染《し》み出してきた。犯人は泣きじゃくり、手足をめちゃくちゃに振《ふ》りまわした。

幸子は投げ飛ばされ、そしてもう動かなくなった。

犯人はまだ声を上げて泣いていた。手を顔で覆っている。

わたしは床《ゆか》の上のナイフを拾い上げ、血と泥《どろ》とおしっこに塗《まみ》れた床の上をずるずると這《は》い進んだ。そして、犯人の胸とお腹の間を狙《ねら》って、ナイフを叩き込んだの。ナイフはすっと犯人の体に根元まで吸い込まれてしまったわ。

犯人は震《ふる》えながら、顔から手を離した。そして、びっくりしたような目でわたしを見て、ナイフを抜《ぬ》こうとした。でも、半分も抜けないうちに口から血を吐《は》いて、目を瞑《つぶ》ったわ。

わたしと言えば、もうどうでもよくなって、どうせ歩けないから、ここにいようと思ったの。そのうち食べ物はなくなってしまうだろうけど、そうなったらそうなったでいいと思ったの。

わたしの話はこれだけよ。

「ちょっと待ってくれよ。それじゃあ、まるで……」僕にはなかなか言葉が見付からなかった。「まだ終わっていないみたいじゃないか」

「そうよ」恵美は顔を上げた。頰《ほお》には乾《かわ》いた血がこびり付いていた。「まだ終わってないの」

「まさか。そんな……」

恵美は僕の頬に両手を当てた。「思い出すのよ。あなたは誰《だれ》？」

「僕は……僕は……。嫌《いや》だ。そんなことは思い出したくない」

「あれからあなたは何もわからなくなってしまった。わたしはそれでもいいと思っていた。わたしは毎日何も応《こた》えないあなたに話し続けたのよ。そうやって、自分を慰《なぐさ》めていたの。それがさっき、あなたは突然、わたしに応えたの」

「僕たちはずっとここにいた……」

「そう。ここにいた。わたしはあなたの心が戻《もど》ったんだと思った。でも、あなたは自分のことも知らなかった」

「嘘《うそ》だ。今の話は全部嘘だ」

「嘘じゃないわ」

「何か証拠《しょうこ》はあるのか？」

恵美は溜《た》め息《いき》をついた。「見えているはずなのに、見ようとしていないのね。部屋の中に二人がいるわ」

「僕と君のこと？」

「床の上で動かない二人のことよ」

証拠はそこにあった。なぜ今までそれに気付かなかったのか、自分でもわからない。

僕の心はいっきに溶《と》け出した。

自分の体を見下ろす。酷《ひど》い有様になっていた。

「ここから出よう。山から下りるんだ」

恵美は首を振った。「わたしはここにいる。わたしはたくさんの罪を犯してしまったから」

「恵美は何も悪くない」僕は恵美の肩《かた》に手を置いた。「さあ、ここから出よう」

「だめなの。もうこの足は駄目《だめ》だと思う」

「僕の肩に摑《つか》まるんだ」

「わたしを運ぶなんてとても無理よ」

「ここにいては駄目だ」僕は突っ伏《ぷ》して泣いてしまった。

恵美は僕の頭を優しく撫《な》でた。「泣かなくてもいいのよ。あなたは許されたのだから」

「許された？」僕は顔を上げた。

「きっと、許されたから、心が戻ったのよ。もう山を降りてもいいってことだわ」

「だったら、恵美も許されたんだ」

「そうだったら、どんなにいいかしらねえ」恵美は悲しい笑《え》みを浮《う》かべた。

僕は血塗《ちまみ》れの袖《そで》で涙《なみだ》を拭《ぬぐ》った。「僕は山を降りるよ。そして、助けを連れてここに戻って来る」

「そうしたければ、そうしてもいいわ。わたしはどっちでもいいから」そう言うと、恵美は静かに目を閉じて、横になった。
僕は立ち上がる。頭の中の霧《きり》はまだ晴れてはいない。
僕はドアを開けた。
そして、暗い森へと足を踏《ふ》み出した。

還って来た少女◎新津きよみ

■新津きよみ（にいつ きよみ）

長野県生まれ。青山学院大学卒業。数年のOL生活を経て、1988年『両面テープのお嬢さん』（角川書店）でデビューする。ヤングアダルト小説を数冊手がけた後、ミステリ、サスペンス、ホラーといった傾向の作品を書き始める。単独のジャンル小説というより、この三要素が渾然一体となった独特の作風で、高い評価を得る。

近年は特に、様々な設定や風俗を盛りこみつつ、現代の女性心理を鋭く深く抉るエンターテインメントの書き手として脚光を浴びており、ドラマ化された傑作も多い。

作品には、『女友達』『婚約者』『愛読者』『招待客』（角川書店）、『生死不明』（実業之日本社）、『同姓同名』『もう一度住みたい』（角川春樹事務所）、『捜さないで』『見つめないで』『さわらないで』（祥伝社）といった長編作品から、『殺意が見える女』（徳間書店）、『彼女たちの事情』（NHK出版）、『そばにいさせて』（光文社）などの短編集まで多数がある。

1

「七穂《ななほ》とそっくりな子、わたし、見たんだよ」

夏休みが迫《せま》ったある日、智子《ともこ》にそう言われてわたしはドキッとしたが、別段、背筋が寒くなったりはしなかった。

智子は、いわゆる〈見えちゃう〉子だった。どこそこで幽霊《ゆうれい》に遭遇《そうぐう》したという話は、数限りなく聞いている。わたしは、智子が見たのは、わたしの幽霊ではなかっただろうけれど――第一、わたしはまだ生きている――、それに近いものだろうとは思った。最近、寝《ね》ているときに変な体験をすることが多くなっていたからだ。

自分の魂《たましい》が身体《からだ》からふっと抜《ぬ》け出て空中に舞《ま》い上がり、天井《てんじょう》に張り付いたまま、寝ている自分の〈抜け殻《がら》〉を見下ろすような感覚を味わったりだとか、眠《ねむ》っているのか起きているのかわからない状態で廊下《ろうか》を歩く、夢遊病者のような感覚を味わったりだとか、不思議な体験がいくつか続いていた。

真夜中、自分でも知らないうちに、自分の中からもう一人の自分が抜け出し、そのあたりを徘徊《はいかい》する。そんなことがあってもおかしくないような気分になっていた。とはいえ、本当にそんなことが起きたら、わたしは腰を抜かしてしまうかもしれないが。

だが、智子が〈わたし〉を見たのは、真っ昼間だったという。

しかも、わたしたちが住むS町からかなり離れた国立《くにたち》市内だという。智子は、国分寺《こくぶんじ》に住む叔母《おば》さんと国立へ買い物に行き、そこでわたしにそっくりな少女を見かけたのだそうだ。

「七穂って、一人っ子だったよね？」

「そうよ」

「妹もお姉さんもいない？」

「いないに決まってるでしょう？　そういうのを一人っ子って言うんだよ」

「でも、すっごくよく似ていたな」

「どんな感じだったの？」

「髪《かみ》の毛は七穂より長かったけど、身体つきや目鼻立ちがそっくりだったんだよ。どこかの中学校の制服を着てたっけ。紺《こん》色のベストの胸にクローバーの刺繍《ししゅう》があるやつ」

「中学校の制服？　じゃあ、その子もわたしと同じくらいの年？」

「って感じだったよ。わたし、最初、七穂だと思って、思わず声をかけそうになっちゃったんだもの。だけど、よく考えたら、七穂があんな制服を着て、あんなところにいるわけないでしょう？　それに、七穂って、公園のベンチで本を読むタイプじゃないし」

「ベンチで本を読んでたの？」

「うん、一人きりでね」

「世の中には、自分に似ている人間が二人か三人はいるって言うじゃない。わたしの顔なんてどこにでもころがってる顔だもの」

さすがにわたしは気味が悪くなって、智子の関心をよそへ向けようとした。

「うーん、そうかなあ。あんなにそっくりな人間って、世の中にいるかなあ。まるで、双子《ふたご》みたいによく似ていたんだよ。瓜《うり》二つ、って言葉がぴったりなほど」

智子は、納得《なっとく》できない様子で首をかしげる。「ねえ、昼間、変な気分になることない？」

「変な気分って？」

「身体から魂が抜けるみたいな気分」

「そりゃ、たまにぼんやりすることはあるけど」

授業中、窓の外をぼんやり眺《なが》めていて、不意に教師に当てられても答えられないことが過去に何度あったことか。もともとわたしは、小さいころから空想癖《くうそうへき》の強い子で、親にも友達にも「ほら、ぼんやりしてないで」と言われ続けてきた。放心する癖《くせ》が抜けないせいか、授業も肝《かん》心《じん》なところを聞き逃《のが》してしまい——たとえば、先生が「これは絶対に試験に出ます」と指摘《してき》したその箇所《かしょ》などを——、学校の成績も下降ぎみである。母親には、「そろそろ塾《じゅく》に行くか、家庭教師をつけたほうがいいんじゃないの？」と口酸《す》っぱく言われている。

「そういうときに、七穂の魂がすっと抜け出て、遠く離れたどこかへ浮遊《ふゆう》していっちゃうんじゃないのかな」

「ばかなこと言わないでよ。国立の中学生とわたしが、どういう関係にあるのよ」

「そうだよね。わたしが見たのが七穂の生霊だなんて、そんなこと、あるはずないよね」

「生霊《いきりょう》？」

〈見えちゃう〉体質の智子が言っただけに、わたしは頭から否定できない気持ちに傾《かたむ》いていた。

2

日がたつにつれ、わたしの中で、智子が会ったという〈わたしにそっくりな少女〉に会ってみたい気持ちが高まっていった。

誰《だれ》でもそうかもしれない。自分と瓜二つの顔を持った人間がこの世にいると知ったら、会ってみたくなるのが人間の性《さが》ってものだ。

しかし、不安もあった。智子が霊感の強い〈見えちゃう〉子なだけに、彼女が国立で見かけた少女が現実に存在する人間とは限らないということだ。

幽霊《ゆうれい》、という可能性もある。なぜ、わたしとそっくりな顔をした少女の幽霊が出現しなければいけないのか。理由はさっぱりわからないが……。

彼女――もう一人の自分、が幽霊だとしたら、残念ながらわたしには見えない可能性のほうが高い。自慢じゃないが、金縛《かなしば》りに遭《あ》ったり、浮遊感覚を味わったりすることはあっても、そのものずばり、幽霊と遭遇《そうぐう》したことは一度もないわたしなのだ。幽霊に遭いやすい体質というものが存在するとしたら、智子がそれで、間違いなくわたしは違う。

だけど、智子が声をかけそうになったほど自分に似た少女がいたと聞いては……捜《さが》しに行かないわけにはいかない。

わたしは、智子が〈彼女〉に遭遇したという時間帯を狙《ねら》って、国立のその場所へ行ってみた。

一度目。公園のベンチの前を行ったり来たりしてみたが、〈もう一人の自分〉には会えなかった。

二度目。大きな銀杏《いちょう》の木陰《こかげ》に隠《かく》れて見ていたら、ベストの胸にクローバーの刺繍が施《ほどこ》された制服を着た少女たちが何人か、公園内を通り抜《ぬ》けて行ったが、〈もう一人の自分〉は発見できずに終わった。

そして、三度目の今日。

同じ時間帯だというのに、公園の中はがらんとしていて、誰も通りかからない。

何となくうす気味悪くなって、駅へ引き返そうとしたとき。背中にひんやりした冷気を感じた。

――誰かいる？

わたしは、おそるおそる振《ふ》り返った……。

3

最後列の右端《みぎはし》に座ったその少女を見て、辻村綾子《つじむらあやこ》は息を呑《の》んだ。

一瞬《いっしゅん》、教室を間違えたのか、と錯覚《さっかく》して、めまいが起きた。

――あの子が還《かえ》って来た？

木元春美《きもとはるみ》。去年、綾子が教育実習で訪れた私立若葉《わかば》中学校二年Bクラスにいた子だ。

――でも、まさか、戻って来るはずがないわ。だって、あの子は死んだんだもの。

ここにいるはずのない子だ。あの子がいたのは、別の教室。しかも、一年前だ。

「綾子先生」

前列の子に呼ばれて、綾子は我に返った。その子は、綾子の足下《あしもと》を指さしている。

「あ……ああ、ありがとう」

驚愕《きょうがく》のあまり、手にしていたボールペンを落としてしまったようだ。綾子はボールペンを拾い上げ、教卓《きょうたく》に視線を移すと、心の中でゆっくり三つ数えて、教室の後ろへ視線を戻《もど》した。

あの子は……いる。幻覚《げんかく》ではなさそうだ。幻覚であるはずがない。そう言えば、今日から新しい受講生が中二のクラスに入って来るのだった、と綾子は思い出し、少しホッとした。

――やっぱり、木元春美じゃないわ。ただ……すごくよく似ているだけよ。

綾子は、木元春美と少女との違いを見出《みいだ》そうと試みた。まず、髪型《かみがた》が違う。木元春美は肩《かた》まである長い髪だったが、この子はショートヘアだ。いま流行《はや》りの前下がりのボブ。前髪をピンでとめている。着ているものが違う。この子は、若葉中学校の制服を着ていない。それから……。もっと挙げようとして、綾子は焦《あせ》った。違いが見つからないのだ。それほど、背格好も、目や鼻の形も大きさも、厚めの唇《くちびる》もふっくらとした頰《ほお》も、おでこの形まで木元春美と似ていた。

――世の中に、こんなに似た顔が存在するなんて……。

綾子は、信じられない思いで彼女を見ていたが、見つめる時間が長過ぎたのに気づいてハッとした。他の受講生たちが訝《いぶか》しげなまなざしになりかけている。

「ええっと、あなたは、今日からこのクラスに入るのね？」

そこで、新しい受講生に話しかけた。落ち着きは取り戻しつつあったが、声がうわずった。

「はい」

少女は、元気のよい返事をした。

「倉田《くらた》……七穂さんね？」

受講生リストを見て綾子が確認すると、少女は、「倉田七穂です。よろしくお願いします」と言って中腰《ちゅうごし》になり、教室を見回した。

その声も綾子の記憶にある木元春美の声によく似ていたが、今度は、さっきほど驚《おどろ》きはしなかった。顔の骨格や口の中の形が似ていれば、声も似るものだ、と雑誌で読んだことがある。

「じゃあ、講義を始めましょう」

綾子は、英語のテキストを開いた。だが、その日の講義はほとんど上の空だった。

「綾子先生」

講義が終わるなり、坂口美紀《さかぐちみき》が綾子のもとにやって来た。よく質問に来る熱心な子で、地元の中学校に通っている。

「英検のこと、どうなっているんですか?」

「あっ、ごめんなさい。忘れてたわ。みんな、ちょっと待って」

綾子は、教室を出て行こうとしている受講生たちを急いで呼び止めた。受講生たちが振り返る。倉田七穂の姿もあった。

「十月に英語検定を受ける人は、次回までに申し込んでください。準二級、三級の英検対策用の補習があります」

「わたし、今度こそ、準二級、合格したいんです」

坂口美紀は、目を輝《かがや》かせて言った。

「頑張《がんば》ってね。実力はついていると思うから」

綾子は励《はげ》ました。この教室で準二級を狙《ねら》える実力を持っているのは、彼女しかいない。高いレベルの級の合格者が出れば、塾《じゅく》の評判は一気に上がる。

「さっきの倉田七穂って子、どこの中学ですか？　うちの中学にはいないと思うんですけど」

坂口美紀は、声を落とした。

「S町にある桜《さくら》ヶ丘《おか》中学校だけど」

授業が始まる前に塾長の白石《しらいし》からもらった資料には、そう書いてあった。桜ヶ丘中学二年、倉田七穂、十四歳、と。

「へーえ、桜ヶ丘中学ですか」

どういう意味なのか、坂口美紀は尖《とが》った顎《あご》を何度か揺《ゆ》すって教室を出て行った。

綾子はホールに出てみたが、もう倉田七穂の姿はなかった。

「綾子先生、どうでした？」

スタッフルームに戻《もど》ると、白石塾長が声をかけてきた。綾子がこの学習塾に講師として採用されたとき、同じ辻村姓《せい》の男性講師がいたので、綾子は名前に先生をつけて呼ばれるようになった。それが、生徒たちのあいだにも普及《ふきゅう》したのだった。

――綾子先生。

その呼び方の奇妙《きみよう》な符合《ふごう》に、綾子は最初、面食《めんく》らった。若葉中学校で教育実習をしていたときも、綾子は「綾子先生」と呼ばれていたのである。若葉中学校にすでに「辻村」という国語の教師が存在していたからだ。生徒たちに教育実習生を紹介《しょうかい》する場で綾子の指導教師は、「辻村先生と区別するために、こちらは綾子先生とお呼びしましょう」と提案したのだった。辻村は、ありふれた姓とも思えない。それなのに、教育実習現場でも学習塾でも、綾子は「辻村先生」ではなく「綾子先生」と呼ばれている。

二週間の教育実習を終え、中学校の教育職員免許状は取得したものの、結局、綾子は教師の採用試験を受けることなく、いまに至っている。教師になる以外に何も将来の職業を考えていなかったので、就職活動では出遅《でおく》れてしまった。教師の採用試験を受けるのをためらわせたのには、一人の生徒の死が大きく影響《えいきょう》していた。

「どうって……」

呼び方に気をとられて、綾子は質問の内容を忘れてしまった。

「何、ぼんやりしてるの。新しい生徒ですよ」

白石塾長は、軽く綾子を睨《にら》んだ。「今日から中二クラスに入ったでしょう?」

「ああ、はい。倉田七穂ですね。あの子、どうして、S町からこんなところまで?」

「ここは、電車に乗って通って来るほどの塾じゃない。そう言いたいわけ?」

「いえ、そうじゃなくて……」

図星をさされたので、綾子はうろたえた。「誰《だれ》かの紹介かな、と思って。でも、別に、友達と一緒《いっしょ》に入ったわけじゃないみたいだし」

友達と誘《さそ》い合って塾に入る子はいる。もっとも、そうした子は小学生クラスに集中しているが。

「学校や家の近くの塾じゃ、知っている人の目について嫌《いや》だ。そういう思春期の心理ってのもあるでしょう？　女の子のそういう気持ち、ちゃんと理解しなきゃだめよ」

白石塾長は、口に手を当てて笑った。一流国立大出の優秀《ゆうしゅう》な男ではあるが、どこかオカマっぽい口調で話す塾長である。とはいえ、ちゃんと結婚《けっこん》しており、子供までいる。

「ところで、坂口美紀は、次受かりそう？　準二級」

にわかにまじめな顔つきになって、白石塾長は太い声を出した。

「大丈夫《だいじょうぶ》だと思います」

「思います、じゃだめなの。受からせてくれなくちゃ。いいわね？」

すっかり、シビアな経営者の顔に切り替《か》わっている。

「はい」と、綾子は返事をした。

私鉄の駅前のビルに入っている白石が経営するこの学習塾は、大手学習塾チェーンではなく、まったくの個人経営である。大手学習塾では目配りが届かない箇所《かしょ》を、少人数制で懇切丁寧《こんせつていねい》に指導する、をうたい文句にしており、いわば補習塾的性格を担《にな》っている。けれども、昨今の少子化の影響を受け、学習塾も過当競争の時代に突入《とつにゅう》して長い。どこも受講生の取り合い状態なのだ。口コミが強い業界だけに、家に近くて安心だから、という理由だけで通って来る坂口美紀のような優秀な生徒は貴重だった。「あの塾から、中二で、高校二年レベルの準二級が出たんだってよ」と、口コミで噂《うわさ》が広がれば、よその塾からこの塾へ子供を移そうと思う保護者も現れるだろう。

「倉田七穂にきょうだいはいませんか?」

綾子は尋《たず》ねた。

「いないのよ」

白石塾長は、残念そうに答えた。「家族構成を書いてもらったけど、両親とあの子だけ。弟か妹でもいてくれたらよかったんだけどね。兄弟割引で勧誘《かんゆう》できたのに」

4

――倉田七穂にきょうだいがいたからって、どうなるのだろう。

自宅のワンルームマンションに戻り、ベッドに身体《からだ》を投げ出し、天井《てんじょう》を見上げながら綾子は考えた。

確かに、倉田七穂は、木元春美によく似ていた。いや、よく似ていたどころではない。そっくりだった。あれほどそっくりな顔は、血がつながっているとしか思えない。同じ遺伝子を持っているとしか……。そう考えて、倉田七穂にきょうだいがいるか否《いな》かを塾長に尋ねたのだったが、尋ねただけ無駄《むだ》だった。

木元春美が一人っ子だったのは、教育実習時、受け持ちの生徒たちの家庭調査票を「これはマル秘書類ですからね」と、念を押されて担当教師に見せられたので憶《おぼ》えている。両親に木元春美、三人だけの家族だった。

――倉田七穂の姉が、実は木元春美で、別々の場所に住み、別々の中学校へ通っていた。

そんなばかばかしい推理がふっと脳裏をよぎり、綾子は首を激しく振《ふ》った。姉妹でも、あんなに似ている姉妹は見たことがない。まるで、双子《ふたご》のようによく似ていたのだ。

――双子？

まさか……。さっきよりもっとばかばかしい推理に、綾子は笑い出してしまった。木元春美は去年、中学二年生だったのだ。生きていれば、今年、三年生になっているはずである。対して、倉田七穂は、今年中学二年生である。同い年でない双子など、聞いたことがない。

ふたたび、綾子はめまいに襲《おそ》われた。いきなり一年前に連れ戻されてしまったようで、頭がくらくらする。

ベッドから降り立つと、洗面所へ行き、顔を洗った。わずかだが、頭が冴《さ》えた気がした。木元春美の顔を脳裏に思い浮かべようとして、その輪郭《りんかく》が薄れているのに気づいた。

「何だ、そうだったのか」

綾子は、声に出してみた。すると、安堵《あんど》が胸に広がった。「本当は、そんなに似ていないのかもしれない」

そうよ、似ている気がするだけよ。自分の胸に言い聞かせているうちに、本当にそんなつもりになってきた。

第一、木元春美と倉田七穂、二人を並べて見比べたわけではないのだ。顔の印象が似通っていたのを、そっくりだ、と自分で勝手に思い込んでしまっただけかもしれない。倉田七穂の顔を、すぐ目の前でまじまじと観察したわけでもないし。

——あの子を救えなかった。

という無念さと罪悪感が、綾子の心の奥深くに沈《しず》んでいる。

木元春美は、綾子が教育実習を終えた三か月後の夏休み、自宅の近くで交通事故死したのだった。限りなく自殺に近い死だった。彼女を撥《は》ね飛ばしたトラックの運転手によると、自転車に乗った少女がトラックに倒れ込んできたのだという。

木元春美と最後に電話で話したのが、綾子だった。

木元春美は、詩を書く本好きな文学少女で、繊細《せんさい》な感受性の持ち主だった。教育実習でつき合いが生じただけの女子学生に、彼女は好意を寄せてきた。二週間の教育実習期間が終了し、生徒たちとの別れがやってきたとき、別れがたさに感極《きわ》まって泣き出す女子生徒たちは大勢いたが、その後、綾子の自宅を訪ねて来たのは木元春美だけだった。

「わたしも将来、大学へ進んで英文学を勉強したいんです」

希望に胸を燃やす向学心の強い彼女に、綾子は参考書を買い与《あた》えたり、読んでしまった原書の詩集をプレゼントしたりした。

木元春美は、同級生たちと比べると大人びた発言が多く、「綾子先生、生きる意味って何ですか？」などと唐突《とうとつ》に質問しては、こちらをあわてさせるようなところがあったが、きらめくような彼女の感性に惹《ひ》かれていた綾子は、利発な妹ができたようで可愛《かわい》く思っていた。彼女は、死をテーマにした詩を数多く書き残していた。それで、彼女の死を自殺だと言う者が現れたのだった。が、真相はわからない。

ただ、彼女の死を引き止めることができた者がいたとしたら、それは綾子だけであっただろう。

「木元春美は、家を出る前に、自宅の電話から君のところへ電話をしていたようなんだが。家族が再ダイヤルボタンを押して、わかったそうだ」

木元春美のクラス担任に聞かれて、綾子はこう答えた。

「電話はきました。でも、ちょっと手が離せなかったもので、『ごめんなさい。かけ直して』と言いました。すごく後悔《こうかい》しています。なぜ、あのとき、すぐに『何の用なの？』と聞いてあげられなかったのか……」

「君のせいで木元春美が事故に遭《あ》ったわけじゃないし、君を責めているわけじゃない。だが、生徒の声の調子で、どんな状態か察知してあげるべきだったね。彼女が不安定な精神状態にいたとしたら、君の一言で思いとどまらせることができたかもしれない」

——教師失格。

その言葉が、その日から頭を離れなくなった。

そして、綾子は、教職の採用試験を受ける気力を失った。

——去年、教育実習で受け持ったのも中学二年生。今年、学習塾《じゅく》で任されたのも中学二年生。それで、去年の忌《い》まわしい記憶がよみがえってしまうだけだ、と綾子は思った。木元春美にちょっと似ただけの子を、そっくりな子、瓜《うり》二つの子、まるで双子みたい、と思ってしまうほどに。

しばらく目をつぶって気持ちを落ち着かせてから、綾子は、机の引き出しの中からそれを取り出した。寄せ書きの色紙だ。

綾子先生、ありがとう。　ヤギ座・A型・樺山陽子《かばやまようこ》
綾子先生、お元気で。　さそり座・O型・松宮千鶴《まつみやちづる》
またいつか、お会いしましょう。　天秤《てんびん》座・A型・森尾《もりお》さやか

将来、可愛い花嫁さんになってね。　牡牛座《おうし》・B型・角田《つのだ》みちる

ハッピーバースデー！　なんて、関係ないか。　かに座・AB型・谷崎由香《たにざきゆか》

綾子先生の笑顔《えがお》、忘れないよ。　魚座・O型・長谷川桃子《はせがわももこ》

……

色とりどりのサインペンで、三十八人の思い思いのメッセージが寄せ書きされている。四角い字も丸っこい字も細い字も太い字もあり、個性にあふれている。だが、名前の前に星座と血液型を書き添《そ》えるという点では、全員の意見が一致《いっち》したらしい。

その中に、木元春美のメッセージもあった。

わたしのこと、忘れないでね。　牡羊座・A型・木元春美

一人だけ、寂《さび》しげなメッセージを書いているのは、偶然《ぐうぜん》だろうか。綾子は、几帳面《きちょうめん》な字で書かれた彼女のメッセージを何度も読み返した。

「忘れてなんていないわ。忘れられるはず……ないじゃないの」

綾子は、小さくつぶやいた。

5

しかし、翌週、塾でふたたび倉田七穂の顔を見た途端《とたん》、彼女の顔に木元春美のそれが二重写しになってしまった。

やはり……よく似ている。そっくりだ。講義が始まる前に、倉田七穂が綾子のすぐ脇《わき》を通ったので、今度はごく間近で観察した結果だった。

――もしかして、わたしの目に〈木元春美に似ているように〉映っているだけで、本当はまったく別の顔をしているのではないか、などと考えてもみた。すなわち、自分の目の錯覚《さっかく》ではないか、と。原因は、自分の心のほうにある。そうでも思わなければ、突然《とつぜん》、木元春美とそっくりな少女が出現したことの説明がつかない気がした。

倉田七穂は、英語検定の申し込みをせずに帰った。白石塾長は、今日は留守だ。綾子は塾長室に入り、本棚《ほんだな》を探した。ずらりと並んだ名簿類《めいぼ》の中から、倉田七穂が通う桜ケ丘中学校の生徒名簿を抜《ぬ》き出した。この手の名簿のコピーを保護者から高く買い取り、学習塾に売りつける業者が、この業界には歴然と存在するのである。

倉田七穂の名前は、確かに、二年Aクラスにあった。学年をごまかしているわけではない。

――学年をごまかしているって、わたしったら、一体、何を考えているのだろう。

綾子は、自分のしていることがわからなくなって、ため息をついた。木元春美が生きていたとしたら、現在、中学三年生になっているはずだ。しかし、だからと言って、そっくりな顔をした少女、倉田七穂も同学年である必要はないのだ。だって、二人は……双子《ふたご》じゃないんだもの。両親も違《ちが》えば、当然のごとく、住む場所も通う学校も、学年も違う。

——これは、生涯《しょうがい》でたった一度、出会うか出会わないかの信じられない偶然なのかもしれない。

混乱をきたしそうになる頭で、綾子はそう結論を出した。それ以外に考えられなかった。たまたま、よく似た少女同士がこの世に存在したのだ、と考える以外に。

ビルを出て駅へ着いたときは、九時を過ぎていた。ふと見ると、駅ビルの一階のファストフードの店に、倉田七穂の姿があった。二人掛《が》けのテーブルに座り、携帯《けいたい》電話を片手にアイスコーヒーを飲んでいる。

彼女がふわりと顔を上げた。綾子と視線が絡《から》み合った。倉田七穂は、軽く会釈《えしゃく》をした。背筋をちょっと伸ばすと、綾子は店内に入った。対決するしかない。闘志に似た感情が体内に沸《わ》き上がっている。

「誰《だれ》か迎えに来るの？」

カウンターでホットコーヒーを受け取って倉田七穂の席へ行くと、彼女は「はい、母が車で迎えに来てくれるそうです」と答えた。

「そう、そのほうがいいわね。夜道の女の子の一人歩きは、危ないわ」

言いながら、綾子は正面から倉田七穂を見つめた。似ている。似過ぎている。

「綾子先生」

と、倉田七穂は呼び、ちょっとあわてたように、「いいですか？　そうお呼びしても」と断わった。

「いいわよ」

「みんな、そう呼んでいるから」

倉田七穂は恥《は》ずかしそうに言って、「あの……綾子先生、このあいだ、わたしを見て驚《おどろ》いていませんでしたか？」と、遠慮《えんりょ》がちに聞いた。

「えっ？」

綾子の心臓は脈打った。

「違っていたら、ごめんなさい。でも、もしかしたら、と思ったもので」

「それ、どういう意味かしら」

「綾子先生は、わたしとそっくりな少女をどこかで見かけたんじゃないか、と思って」

「なぜ……そう思うの？」

生唾《なまつば》を呑《の》み込んでから、綾子は質問した。

「このあいだ、わたしの友達が、わたしにそっくりな少女を見かけた、って言ったんです」

——このあいだ？

心臓の鼓動《こどう》が次第に激しくなっていく。

「どこで？」

「国立だったそうです」

私立若葉中学校は、国立市内にあった。

「わたし、自分にそっくりな少女っていうのを見てみたくて、行ってみたんです。三回も。だけど、とうとう会えませんでした。わかっているんです。わたしには会えないことは」

「どうして？」

「だって、たぶん、その子、幽霊《ゆうれい》だと思うから」

「幽霊って？」

問い返す綾子の声は震《ふる》えた。

「わたしの友達、智子って言うんですけど、すごく霊感が強い子なんです。幽霊なんかが見えちゃうんですよね。それで、彼女には見えたけど、わたしには見えなかったんだと思います。背中にこう……冷気みたいなものは感じたんですけど。もしかして、綾子先生も、その……見えちゃう人なのかな、と思って。わたしにそっくりな少女、どこかで見たんじゃありません？」

「……いいえ」

綾子は、静かに首を横に振《ふ》った。

ぽかんとした顔で綾子を見ていた倉田七穂だったが、

「そ、そうですよね。ばかみたいなこと、言っちゃいました。すみません、忘れてください」

と、てのひらをひらひらさせた。「どうしてもその子に会いたいっていう気持ちが募《つの》っちゃって、わたし、誰彼かまわず、『ねえ、わたしにそっくりな子に会ったことある？』なんて聞いちゃうんですよ」

「あなたのお友達、国立のどこで幽霊に遭《あ》ったの？　幽霊に遭ったなんて話、おもしろそうじゃないの」

単純に〈幽霊話〉に興味を示したふりをして、綾子は聞いた。

倉田七穂は、国立市内の公園の名前を言った。そこは、若葉中学校にほど近い場所だった。

「わたしとそっくりな幽霊って、土曜日の三時ごろに現れるみたいですよ。ベンチに座って、一人で本を読んでいるとか。紺《こん》色のベストの胸にクローバーの刺繍《ししゅう》のある制服を着ているんだそうです」

——それは、私立若葉中学校の制服だわ。

友達の輪から離れて、一人ぽつんと本を読んでいた木元春美の姿が、綾子のまぶたの裏に浮かんだ。やはり、それは、木元春美の〈幽霊〉だろう。

「そう。……おもしろい話よね」

綾子は軽く受けて、質問を変えた。

「倉田さんは、どうしてうちの塾《じゅく》に？」

「母がこの沿線の会社に通勤しているもので。うちの両親、昔から共働きなんです。母は、小さいころ、娘《むすめ》を放っておいたっていう後ろめたさがあるんでしょうか。わたしの成績があまりよくないのも、勉強をしっかり見てあげなかったせいだと思って、自分を責めているんです。それで、塾へ行きなさい、車で迎えに行ってあげるから、っていまになって急に言い出して。でも、わたしとしては、『絶対に塾なんか行かずに高校受験してみせる』ってつっぱってきた手前、知り合いがうろうろいるところの塾なんかとても行けなくて……。ああ、すみません、くだらない理由で選んでしまって」

倉田七穂はそう答えると、チロッと赤い舌を出した。

「ねえ、倉田さん」

綾子は、穏《おだ》やかな口調で言った。「あなたは、どうして、自分にそっくりな少女の幽霊が出《しゅつ》没《ぼっ》すると思う？」

「さあ、どうしてでしょう」

倉田七穂は、しばらく首をかしげていたが、「自分によく似たわたしを見つけて、何かわたしにメッセージを託《たく》そうとしているのかな、と思ったりするんです。この世に言い残したいことがあって。それで、霊感の強いわたしの友達の前に現れて、自分をアピールしたんじゃないのかしら」と答えた。

「でも、あなたには見えないわけね？」

「はい、残念ながら」

倉田七穂は、心底、残念そうな顔で言い、寂《さび》しそうに微笑《ほほえ》んだ。

6

「実は、海外に転勤になったんだよ」

ワイングラスに口をつけると、青柳正樹《あおやぎまさき》は低い声で切り出した。

「海外って、どこ？」

「シカゴ。大体、向こうに三年はいると思う」

「そう……」

綾子もワインに口をつけ、正樹の次の言葉を待った。

だが、期待していたような彼の言葉は続かなかった。かわりに、正樹は聞いた。「学習塾の仕事には慣れた？」

「まあまあ」と、綾子は答えた。その質問で、綾子は、彼が自分を一緒《いっしょ》にシカゴに連れて行く気がないのを悟《さと》った。常識的に考えれば、プロポーズの言葉が続くはずだ。「一緒に行ってくれないか」と。二人の交際は、綾子が大学二年生のときから続いているのである。青柳正樹は、綾子より三つ年上で、知り合ったとき、すでに社会人だった。外資系の広告代理店に勤めている。

惰性《だせい》でひと月に一度は繰《く》り返されるデート。だが、相変わらず会話は弾《はず》まない。

二人の仲がぎくしゃくしだしたのは、木元春美の死がきっかけだった。彼女を救えなかった自分を正樹が心の中で責めているのを、綾子は知っている。

木元春美が綾子の部屋を最初に訪れたとき、部屋には正樹がいた。綾子は、「お友達よ」と言って、春美に正樹を紹介《しょうかい》した。「恋人《こいびと》よ」と紹介するのは照れくさかったのだ。正樹も笑っていただけで、訂正したりはしなかった。

男兄弟ばかりで育った正樹は、かねがね「本当は妹がほしかったんだ」と言っていた。そんな彼の目には、教育実習で一時的に先生になっただけの綾子を「綾子先生」と慕《した》う春美が、妹のように無邪気《むじゃき》で愛らしい存在に映ったようだった。

綾子もまた、春美に対して〈先生〉らしくふるまうことで、「末っ子だから、君はわがままで甘ったれ」と決めつけていた正樹が自分を見直してくれるのが嬉《うれ》しかった。

——結婚《けっこん》を前提につき合っている恋人よ。

最初に、正樹のことをそんなふうにはっきり紹介してしまえばよかったのだ。あとで何度、綾子は悔《く》やんだことか……。いや、そう紹介したとしても、事態は同じだったかもしれない。

春美が正樹のことを〈運命の人〉と思い込んでしまった以上。

「わたしも一緒に食事していいですか？」

弾んだ声の春美の頼《たの》みを、最初は、さしたる警戒心《けいかいしん》もなく受け入れた綾子だった。

だが、それが、失敗の始まりだった。

「今度、三人で遊園地に行きませんか？」

「次は、三人で映画を観《み》に行きませんか？」

「わたし、意外に料理が得意なんですよ。今度、お二人に手料理をごちそうします」


………


春美は、綾子と正樹のあいだに図々《ずうずう》しく割り込んできた。

「ねえ、今度のデート、春美さんに遠慮《えんりょ》してもらいましょうか」

さすがに、綾子はある日、正樹に切り出した。彼もほとほとうんざりしているのでは、と思ったのだ。ところが、彼が示した反応は予期しないものだった。

「いいじゃないか。春美ちゃんって、すごく楽しくてユニークな子だよ。映画を観ても、ぼくたちとはまったく違う感想を言ったりしておもしろい。あの年頃《としごろ》の子にしては本もよく読んでるし、頭もいい。鋭《するど》い発言もする。彼女みたいな若々しい感性に接するのも、ぼくみたいな仕事にはとても大切なことなんだよ。これからは、若い女の子をターゲットにした商品開発を積極的にしないとね」

それを聞いて、綾子の頭に血が上った。危機感が胸の中にじわじわと広がった。

――遅《おそ》かれ早かれ、わたしをのけ者にして、二人きりでデートするなんて羽目になりかねないわ。

あの子、木元春美ならばやりかねない、と綾子は考えた。かといって、何をどうすればいいか、対策のようなものが綾子には思いつかなかったのである。

ただ、やきもきして何日か過ぎたあの日……。

春美から電話がかかってきた。春美の言葉に対して、綾子はとっさに考えたセリフを投げつけた。直後、春美は死んだ。

――だけど、わたしが殺したんじゃない。彼女が勝手に死んだのよ。

「別れようか」

正樹の唐突《とうとつ》な言葉に、昨年のあの日のことを追想していた綾子は、現実に引き戻《もど》された。

「ぼくたち、もう終わりにしたほうがいいんじゃないかな」

正樹は、テーブルに視線を落とした。

「そうね」

綾子も同意し、最後の赤ワインを飲んだ。

7

土曜日の午後三時。色づき始めた銀杏《いちょう》の木の下で、綾子は〈幽霊《ゆうれい》〉を待っていた。ここに、木元春美の幽霊が出没するという。教えてくれたのは、倉田七穂だ。

三時を十分過ぎたころ、〈幽霊〉は現れた。

私立若葉中学校の制服を着て、小脇《こわき》に本を抱《かか》えた少女。ベンチに向かい、周囲を見ずに腰《こし》を下ろし、本を読み始める。

綾子は、その〈幽霊〉に近づいて行った。〈幽霊〉が、ふっと顔を上げる。

紛《まぎ》れもなく、木元春美だった。いや、木元春美にそっくりの顔を持つ少女だった。

「何のためにこんなことをするの？」

綾子は〈幽霊〉に聞き、本当の名前を呼んだ。「倉田七穂さん」

「綾子先生には、わたしが見えるんですね？」

木元春美の〈幽霊〉のふりをしている倉田七穂が、本を閉じた。

「幽霊なんてもの、わたしは信じないのよ」

綾子は、きっぱりと言った。「どうして、こんなことをするの？」

「わたしはただ、彼女がなぜ死ななければいけなかったのか、理由が知りたいだけです」

「彼女は、トラックに撥《は》ねられて死んだのよ」

「事故に遭《あ》ったきっかけを知りたいんです。最後に電話で彼女と話したのは、綾子先生ですよね？」

「あなたは誰《だれ》？　もともと木元春美によく似た演劇好きな子が、整形手術でもしてそっくりになったってわけ？　わたしをどうしようと言うの？」

「中学生が整形なんかしませんよ」

〈幽霊〉――倉田七穂は笑った。「わたしたちがそっくりなのは、当然ですよ。だって、わたしと木元春美は、双子なんですもの」

「双子《ふたご》？　そんなばかな……。だって、木元春美は、去年中学二年生だったのよ。あなたは今年中学二年生で、留年しているわけじゃないし……」

「綾子先生も、教師をめざした人なら知ってるはずでしょう？」

倉田七穂はそう言うと、「あれは、去年の夏休みでした」と、遠くを見る目になった。

8

――誰かいる？

背中にひんやりした冷気を感じて、わたしは、おそるおそる振り返った。

途端《とたん》に、その場に凍《こお》りついた。

目の前には、わたしがいた。わたしにそっくりな顔をした少女が。背丈《せたけ》もほぼ同じだ。ただ、着ているものと髪型《かみがた》が違う。彼女の長い髪の毛から、ミントの香《かお》りが漂《ただよ》ったように思えた。

「びっくりしたみたいね」

と、彼女はわたしに言った。「わたしのほうは、あなたを知ってるのよ。倉田七穂でしょう?」

声を失っているわたしに、わたしとそっくりな顔をした少女は、ひどく冷静な口調で説明を始めたのだった。

「わたしの名前は、木元春美。わたしたちがそっくりなのは当然なの。驚《おどろ》くほどのことじゃないのよ。だって、わたしたちは双子なんだもの。その事実を知ったのは、つい最近のことよ。両親が話してくれたの。わたしは、父親は本当の父親だけど、母親のほうは継母《ままはは》だと聞かされていたわけ。本当の母親は、わたしを産んですぐに死んじゃったってね。もちろん、兄弟なんかいないと思ってたわ。いつ真実を打ち明けようか、両親はずいぶん思い悩んでいたみたいね。悩んでいるうちに、ずるずると日がたってしまったって。いずれ、子供が戸籍抄本《こせきしょうほん》か何かを見たら、事実はわかることでしょう? それで、打ち明ける決心をしたみたい。

わたしの父とあなたのお母さん——わたしの本当のお母さんでもあるけど——は、あなたのお母さんが妊娠《にんしん》しているときに、それぞれほかに好きな人ができて、離婚《りこん》を決めたのよ。お母さんのお腹《なか》の中にいたのは双子だった。それで、子供が生まれたら、一人ずつ引き取ることにしたの。最初に生まれたのがわたし。四月一日の午後十一時五十分に誕生。二人目のあなたが生まれたのが、二日の午前〇時十分。そう、二日間にまたがって生まれちゃったってわけね。ふつうなら、双子の場合は同じ日に生まれたものとして、出生届を出すものよね。だけど、わたしたちの父親と母親はそうしなかった。それぞれに、もう違《ちが》う相手がいたんだものね。相手の意見を尊重したのよ。そして、それぞれ、母子手帳に記入された分娩《ぶんべん》時間に忠実に出生届を出してしまったのね。いっそのこと、一年ずれた人生を歩んだほうが、離れ離れになったわたしたち双子のためにはいいかもしれない。そんなふうに考えたのかもしれないわね。

七穂、知ってる？　学校教育法の二十二条によって、早生まれというのは四月一日までをさすって。民法第百四十三条によると、満年齢《まんねんれい》は、起算日に応当する前日をもって満了《まんりょう》する、とあるわ。つまり、誕生日の前日に満年齢になるって計算ね。したがって、四月一日生まれの児童は、民法上、その前日の三月三十一日で満六歳とみなされるの。さらに、さっきの学校教育法第二十二条に戻ると、『満六歳に達した日の翌日以降における最初の新学期、四月一日をもって小学校の就学が始まる』とあるから、四月一日生まれの児童は早生まれになっちゃうってわけよ。つまり、それがわたし。四月二日生まれのあなたは、四月一日で満六歳になるので、わたしより一年遅れて小学校に入学したってわけ。

おかしいでしょう？　二十分違って生まれただけの双子のわたしたちが、一年も学年が違っちゃったなんて。それを知ったとき、すっごく親を恨《うら》んだわよ。ううん、運命を狂《くる》わされたことより、わたしの分身とも言うべき、あなたっていう存在を秘密にされていたことを。わたし、自分にきょうだいがいたらどんなによかったか、って思ってたのよ。でもね……何だか、この世に血がつながった誰かがいるような気はしていたの。いつか、自然に会える気がしてたわ。でも、親は親で、相当悩《なや》んでいるはずよ。うちの親は打ち明けてくれたけど、あなたのところはまだでしょう？　話す気になってくれるまで待ってあげるのも、親孝行のうちじゃないかな。だから、わたしのほうから会いに行くのは我慢《がまん》していたの。それだけに、すごく嬉《うれ》しい。こうやって、七穂のほうがわたしを見つけてくれたなんて。偶然《ぐうぜん》、わたしを見かけた友達でもいたの？

これからは、いろいろ悩みを打ち明けていい？　友達のこと、将来のこと、そして……恋愛《れんあい》のこととか。そっちの親に知られないようにしましょう。うちは、ケータイ持たせてもらえないから、ケータイでやり取りするのは無理ね。家族のいないときに電話で話すか、匿名《とくめい》で文通するかね」

9

「それから、春美はすぐにわたしに手紙をくれたんです。手紙には、『相談にのってなんかくれなくていいの。ただ、読んでもらうだけで気持ちの整理がつくから』って、書いてありました」

倉田七穂は、そこまで淀《よど》みなく話すと、自分の隣《となり》に座った辻村綾子の横顔を見た。

彼女の表情は動かない。

「『綾子先生の恋人《こいびと》を好きになってしまった。ありとあらゆる占《うらな》いをしてみたけど、相性《あいしょう》は最高なの。彼こそ、わたしの運命の人に違いない。綾子先生から奪《うば》いたい』っていう手紙がきたのが、夏休みが終わるころでした。新学期が始まる前に、もう一度会おうって話になって、再会を心待ちにしていたとき……。彼女が死んだっていう新聞記事を読んだんです」

辻村綾子の口から、小さな吐息《といき》が漏《も》れた。

「春美が死んだのを知って、とうとううちの親も本当のことを話してくれました。うちは、とてもフランクな家庭だったんです。お互《たが》い、ずけずけと言いたいことを言い合って。本当の父親だとばかり思っていたから、父の口から『実は』なんて聞かされたときは、すごくショックでした。もっとも、春美から聞いていて、心の準備はできていましたけど。でも……わたしがもっともっとショックだったのは、やっぱり、春美が死んだことだったんです。自分の身体《からだ》の一部が死んだような気がしました。わたしは、なぜ彼女が死ななければいけなかったのか知りたくて、あちらの両親に会ったんです。わたしの……本当の父親にも。彼女は、親には自分の心のうちを何も話してはいませんでした。わたしは、春美にもらった最後の手紙の内容がすごく気になっていたんです。彼女が熱に浮《う》かされたようになっていたから、心配だったんです。それで……」

そこで言葉をとぎらせると、辻村綾子は、「わたしのことを調べたの？」と七穂に顔を振《ふ》り向けた。

「『綾子先生』というのが、教育実習に来ていた先生だったってことは、彼女の手紙で知ってたんです」

「いろいろ調べて、学習塾《じゅく》のわたしに行き着いたわけね？」

七穂はうなずき、「でも」と言った。「一年、待ったんです。制服は、春美の形見です」

「一年前の悪夢がよみがえった。そうわたしに思わせて、怯《おび》えさせようとしたの？」

辻村綾子の目元が険しくなった。

七穂は、小さくかぶりを振った。

「幽霊《ゆうれい》なんかに扮《ふん》して脅《おど》してもだめよ。怖《こわ》がらないわよ、わたしは」

辻村綾子は、きっと顎《あご》を上げた。「さっきも言ったでしょう？　わたしが殺したわけじゃないのよ。あの子はね、あの日、電話でわたしにこう言ってきたの。『綾子先生、ごめんなさい。わたしに青柳さんをください。彼はわたしの運命の人なんです。これから、彼のところへ行って気持ちを打ち明けようと思います。わたしが大人になるまで、彼はきっと待っていてくれると思います』ってね」

「綾子先生は、春美にどう言ったんですか？」

「別に、たいしたことは言わないわよ」

辻村綾子は、怒《おこ》ったような口調で言い、大きなため息をついた。「引き止めたかっただけ。彼の所へ行くのを阻止《そし》することさえできれば、どうでもよかったの。一途《いちず》な彼女が怖かったのよ。彼のところへ行って部屋で二人きりになったら、彼も男だもの、どうなるかわからない。いきなりあの子が服を脱いだりしたら……。考えただけで、身体が震《ふる》えてきて。とっさにでまかせを言ったのよ。『ねえ、落ち着いて聞いて。その青柳さんだけど、たったいま、警察から電話があって、交通事故に遭《あ》って病院に運ばれたって。その病院というのは……』病院の名前を言い終えた途端《とたん》、電話が切れたわ」

「気が動転した春美は、すぐに家を飛び出したんですね。少しでも早く病院へ向かおうと、自転車に乗って、大通りを横切って……」

「トラックに撥《は》ねられるなんて、誰も予想がつかなかったのよ」

辻村綾子は、イヤイヤをするように首を振り続けた。「わたしのせいじゃないわ」

「そう……綾子先生のせいじゃないかもしれません」

七穂はそう言って、立ち上がった。「いけないのは、春美だったのかもしれません。ううん……わたしだったのかもしれません」

辻村綾子は、首を振るのをやめ、七穂を見た。

七穂は、なぜ自分のせいだったのかもしれない、などと口走ってしまったのか、自分でもよくわからずにいた。だが、本当にそんな気がしたのだった。大人の恋愛に割り込んだ春美。周囲の状況も考えずに、自分の感情の赴《おもむ》くままにつっ走ってしまった彼女。まわりを振り回して平気だった彼女。その気持ちを「わかる」と思ってしまった自分。どちらも同じ、同罪だと。

——わたしたちは、やっぱり、分身なんだわ。双子《ふたご》なんだわ。

春美を失ってみて、七穂は、それまで以上に彼女の存在を近くに、そして、濃《こ》く感じた。

「わたしのせいじゃないわ」

辻村綾子は、繰《く》り返した。「わたしのせいじゃない、ってば」

その緊迫感《きんぱくかん》がこもった声に、七穂は、ハッと胸をつかれて辻村綾子を見た。

大きく見開かれた辻村綾子の目が、七穂の肩越《かたご》しに〈何か〉を見ている。その目は、七穂の顔をとらえてはいなかった。

「やめて！　そんな目で、わたしを見ないで！」

辻村綾子は、蒼白《そうはく》な顔になって、七穂の背後の〈何か〉に向かって叫《さけ》んだ。

「わたしが悪いんじゃない。わたしのせいじゃない」

何かに取り憑《つ》かれたようにそう繰り返しながら、辻村綾子は後ずさった。

七穂は振り返った。ある期待を持って。

だが、そこには、何もいなかった。

「やっぱり、わたしには見えないのね」

ミントの香《かお》りを含《ふく》んだ一陣《いちじん》の風が、七穂の頬《ほお》をやさしく撫《な》でていった。

SEVEN ROOMS◎乙一

■乙一（おついち）

1978年福岡生まれ。『夏と花火と私の死体』で第6回集英社ノンフィクション小説大賞を受賞してデビュー。趣味はゲームと映画鑑賞。身長は175cm。体重は75kg。性別は男。2001年に普通車免許を取得。ひまな時間にやることは漫画喫茶通い。憂鬱な気持ちになる瞬間は、単四電池がほしくて家の中を探しているのに、なぜか大量の単三電池ばかりが見つかるとき。最近の悩みは、担当編集者に「著者略歴で笑いをとってください」と言われたこと（つまりこのページは乙一本人が書いている）。最近、抵抗があることは、この本に収録されている他の執筆者の著者略歴は絶対に笑いなんかとっていないと推測される中で自分だけ浮かれた調子の略歴を掲載すること。

著作に『夏と花火と私の死体』『天帝妖狐』『石ノ目』『暗黒童話』（集英社）『死にぞこないの青』（幻冬舎）『失踪HOLIDAY』『きみにしか聞こえない』（角川書店）がある。

●一日目・土曜日

その部屋で目が覚めたとき、自分がどこにいるのかわからなくて恐《こわ》かった。最初に見えたのはほのかに点《とも》った電球で、黄色く、弱々しい明かりで暗闇《くらやみ》を照らしていた。まわりはコンクリートでできた灰色の壁《かべ》だった。窓もない小さな四角形の部屋に、ぼくは横たえられ、気絶していたらしい。

手で体を支えて上半身を起こすと、地面につけた手のひらにコンクリートの無慈悲《むじひ》な硬《かた》さを感じた。まわりを見渡《みわた》していると、頭が割れるように痛む。

突然《とつぜん》、ぼくの背後でうめき声が上がる。姉がそばに倒《たお》れており、ぼくと同じように頭を押さえている。

「姉ちゃん、大丈夫《だいじょうぶ》？」

体をゆすると、姉は倒れたまま目を開けてぼくを見た。起きあがり、ぼくと同じような格好でまわりを見る。

「ここはどこ？」

わからない。ぼくは首を横に振《ふ》った。

裸《はだか》の電球が下がっているだけで他には何もない、薄暗《うすぐら》い部屋だった。ぼくたちは、どうやってこの部屋に入ったのか覚えていない。

覚えているのは、郊外《こうがい》にあるデパートの近くの並木道を、姉といっしょに歩いていたということだけだった。母の買い物がすむまで、姉がぼくの世話をすることになったのだ。それはぼくたち二人にとって不愉快《ふゆかい》なことだった。ぼくはもう十歳になるのだし、世話がなくても一人でちゃんとできる。姉も、ぼくを放っておいて遊んでいたいようだった。でも、母はぼくたちが別々に行動することをゆるさなかった。

ぼくと姉は険悪な雰囲気《ふんいき》のまま話をせずに遊歩道を歩いていた。道には四角い煉瓦《れんが》が模様を描《えが》くように敷《し》き詰《つ》められ、両側に並んでいる木々は枝を広げて天井《てんじょう》を作っていた。

「あんたなんか留守番していればよかったのよ」

「なんだよケチ」

ぼくと姉はときどき、相手を罵《ののし》る言葉をぶつけあった。姉はもうすぐ高校生だというのに、ぼくと同じレベルで口喧嘩《くちげんか》をする。そもそもそこが変だ。

歩いていると、急に、後ろの茂《しげ》みが音をたてた。振り返って確かめる時間もなかった。頭にひどい痛みが走り、いつのまにかぼくたちは部屋にいた……。

「……だれかに後ろから殴《なぐ》られたんだ。そして気絶している間にここへ……」

姉が立ちあがりながら腕《うで》時計を見た。

「もう土曜日になってる……。今、夜の三時だわ」

腕時計はアナログ式で、ぼくには触らせてくれないほど姉のお気に入りのものだった。銀色の文字盤に小さな窓があり、そこに今日の曜日が表示される。姉はその部分を見て、今がお昼なのか夜なのかを判断したのだろう。

部屋は縦横高さが三メートル程度あり、ちょうど立方体の形をしていた。飾《かざ》りのない灰色の硬い表面が、電球の明かりでゆるやかに陰影《いんえい》をつけられている。

鉄製の扉《とびら》がひとつだけあったが、取っ手も何もない。ただの重い鉄の板が、コンクリートの壁に埋《う》めこまれているだけに見える。

扉の下に、五センチほどの隙間《すきま》がある。そこから、扉の向こう側にあるらしい明かりが床《ゆか》に反射している。

床に膝《ひざ》をつき、隙間から何か見えないかと確かめる。

「何か見えた？」

期待するような顔でたずねる姉へ、ぼくは首を横に振る。

周囲の壁や床は、あまり汚《よご》れていない。つい最近、だれかが掃除《そうじ》をしたように、埃《ほこり》さえつもっていない。灰色の冷たい箱へ閉じ込められたように思えてくる。

ただひとつの明かりとなる電球は天井の中央に下がっているため、ぼくと姉が部屋の中を歩き回ると、二つの影《かげ》が四方の壁を行ったり来たりする。電球は弱々しく、部屋の隅《すみ》には暗闇が拭《ぬぐ》えずに吹《ふ》きだまっていた。

ひとつだけ、この四角い部屋に特徴《とくちょう》があった。

床に幅《はば》五十センチほどの溝《みぞ》がある。扉のある面を正面だとすると、ちょうど左手の壁の下から、右手の壁の下まで、床の中央部分をまっすぐ貫《つらぬ》いて通っている。溝には白く濁《にご》った水が左から右へ流れている。異様な臭《にお》いを発し、水に触《ふ》れているコンクリート部分は変色しておぞましい色になっている。

姉は扉を叩《たた》いて大声を出した。

「だれか！」

返事はない。扉は分厚くて、叩いても、びくともしない。重い鉄の塊《かたまり》を叩いたときに出る、人間の力では壊《こわ》れないという絶対的に無情な音が、部屋の中に反響《はんきょう》するだけだった。ぼくは悲しくなって立ちすくむ。いつになったらここから出られるのだろう。姉の持っていたバッグは取り上げられていた。姉は携帯《けいたい》電話を持っていたが、とりあげられたバッグの中に入れていたため、母に連絡《れんらく》することもできない。

姉は床に頬《ほお》をついて、扉の下の隙間に向かって叫《さけ》んだ。全身を震《ふる》わせ、汗《あせ》まみれになって体の奥から助けを呼ぶ。

今度は、どこか遠くから声らしいものが聞こえた。ぼくと姉は顔を見合わせた。

自分たち以外に、近くにだれかがいる。しかし、その声は判然とせず、内容までは聞き取れなかった。それでも、ぼくはほっとした。

しばらく、扉を叩いたり、蹴《け》ったりしていたが、無駄《むだ》だった。やがてつかれて、ぼくと姉は寄り添《そ》って眠《ねむ》った。

朝の八時ごろ、目が覚めた。

眠っている間、扉の下の隙間に食パンが一枚と、綺麗《きれい》な水の入った皿が差し込まれていた。姉はパンを二つに裂《さ》くと、半分をぼくにくれた。

姉は、パンをさしこんでくれた人物のことを気にしていた。もちろん、その人物が、自分たちをここに閉じ込めたにちがいない。

部屋の中央を貫いている溝は、ぼくたちが眠っている間も絶え間なくゆっくりと水が流れている。常にそこからは物の腐《くさ》ったような臭いが漂《ただよ》い、ぼくは気持ち悪くなった。虫の屍骸《しがい》や残飯が浮《う》いて、部屋を横切っていく。

ぼくはトイレに行きたくなった。そう姉に告げると、扉を一度見て、首を横に振《ふ》った。

「部屋から出してもらえそうにないから、その溝にしなさい」

ぼくと姉は、部屋から出られるのを待った。しかし、いつまでたっても、扉が開くことはなかった。

「だれが、どういう目的で私たちをこの部屋に閉じ込めているのだろう」

姉は部屋のすみに座ってつぶやいた。溝を挟《はさ》んで、ぼくも同じように腰《こし》を落ちつける。灰色のコンクリートの壁《かべ》に、電球のつくる明かりと影。姉の疲《つか》れた顔を見て悲しくなった。早くこの部屋から出ていきたかった。

姉は扉の下の隙間に叫んだ。どこかから人の返事が聞こえる。

「やっぱり、だれかいる」

しかし、反響して何と言っているのかわからない。

食事はどうやら朝だけらしく、その日、もう運ばれてくることはなかった。空腹を姉に訴《うった》えると、それくらいがまんしなさい、と怒《おこ》られた。

窓がないのでよくわからなかったが、時計を見ると夕方の六時ごろだった。扉の向こう側から、こちらに近付いてくる足音が聞こえた。

部屋のすみに座っていた姉が、ぱっと顔を上げる。ぼくは扉から距離《きょり》をとった。

足音が近づいてくる。ついにぼくたちの閉じ込められているこの部屋に、だれかがやって来るのだと思った。そしてその人物は、なぜぼくたちにこんなことをするのか説明してくれるに違いない。ぼくと姉は、息を呑《の》んで扉《とびら》が開かれるのを待った。

しかし、予想に反して足音は部屋の前を通りすぎた。拍子《ひょうし》抜けした顔で姉が扉に近づき、下の隙間《すきま》に向かって声を出す。

「待って！」

足音の人物は、姉を無視して行ってしまった。

「……ぼくたちをここから出す気なんて、ないんじゃない？」

ぼくは恐《こわ》くなって言った。

「そんなはずないわ……」

姉はそう言ったが、それが口だけだということは、顔でわかった。

部屋の中で目がさめて、丸一日がたった。

その間、隙間の向こうから、重い扉の開閉する音や、機械の音、人の声らしい音、靴音《くつおと》などが聞こえた。でも、それらはすべて壁に反響してはっきりとせず、どれも巨大《きょだい》な動物の唸《うな》り声のように空気を震わせているだけに聞こえた。

ぼくと姉のいる部屋は、一度も開けられることはなく、ぼくたちはまた寄り添って眠りについた。

●二日目・日曜日

目が覚めると、扉の下の隙間に食パンがあった。水の入った皿はない。昨日、差し込まれた皿は、部屋に置いたままだった。それを隙間から出しておかなかったから水がもらえなかったのではないかと姉は推測していた。

「忌々《いまいま》しい！」

姉は悔《くや》しそうに言うと、皿を振り上げた。床《ゆか》に叩《たた》きつけようとして、とどまる。壊すと、もう二度と水をくれなくなるかもしれない。そう考えたのだろう。

「なんとかしてここから出なくちゃいけない」

「でも、どうやって……？」

弱々しくたずねるぼくに、姉が視線を注ぐ。次に、部屋の床を貫《つらぬ》いている溝《みぞ》を見た。

「この溝は、きっと私たちのトイレのかわりなんだ……」

溝の幅《はば》は五十センチ、深さは三十センチくらいだ。片方の壁の下から出て、もう片方の壁の下に吸いこまれている

「私が通るには小さすぎる」

でも、ぼくなら通り抜《ぬ》けられるにちがいない。そう姉は言った。

姉のはめていた腕《うで》時計で、お昼ごろだというのがわかった。

ぼくは姉の言う通り、溝の中をくぐって部屋の外へ行くことになった。そうやってこの建物

の外に出ることができれば、だれかに助けを求めることができるはずだ。もし外へ出ることができなくても、とにかく周囲のことをなんでもいいから知りたい。そう姉は考えていた。

でも、ぼくは乗り気じゃなかった。

溝の中に入ろうと、ぼくはパンツだけになる。そこで、やっぱりひるんだ。溝を流れている濁《にご》った水にもぐらなければいけないというのが、つらかった。姉も、ぼくの気持ちがわかったらしい。

「おねがい、がまんして！」

躊躇《ためら》いながら、溝の中に足を入れた。浅い。足の裏側は、すぐに底へついた。ぬるぬるして、すべりやすい。深さは膝《ひざ》の下くらいしかない。

壁の中に吸い込まれる溝の口は、横に細長い四角形で、暗い穴になっている。小さかったが、ぼくなら通れるはずだった。ぼくはクラスの中で、一番、体が小さい。

溝が壁の中で四角いトンネルのように続いている。水面に顔を近づけて、先がどうなっているのか見ようとした。そうした拍子に、ぷんと悪臭《あくしゅう》が鼻をつく。溝のトンネルがその先どうなっているのかは、よくわからなかった。実際にもぐってみるしかない。

壁の中に続くトンネルの中で体が引っかかったら、戻《もど》ることができなくて危ないかもしれない。そう考えて、姉はぼくの服の上下と二人分のベルトを繋《つな》いでロープを作っていた。それを靴紐《くつひも》でぼくの片足に結びつけ、危なそうだったら引っ張ってぼくを助けるという計画だった。

「どっちに行けばいいの？」

ぼくは、左右の壁《かべ》を見て姉に尋《たず》ねた。溝を流れる水流の上流側と下流側、二つの穴が左右の壁の中央下部にあいている。

「好きな方を選びなさい。でも、どこまでもトンネルが続いてそうだったら、すぐに戻ってくるのよ」

ぼくはまず上流の方を選んだ。つまり、扉のある壁を正面としたとき、左手の方にある四角い穴だ。壁の近くまで行って、溝の水流に体を沈《しず》める。汚れた水が足の方から徐々《じょじょ》に体を覆《おお》っていく。まるで細かい虫が全身を這《は》い進み、蝕《むしば》んでいくような気持ちだった。

息をとめ、しっかり目を閉じ、水の流れ出てくる壁の四角い穴に頭から飛び込んだ。狭《せま》く、天井《てんじょう》は低い。腹ばいになったぼくの後頭部をトンネルの天井が打つ。

コンクリートの四角いトンネルを、ぼくの体がぎりぎりで通りぬける。針の穴に糸を通すようなものだった。水の流れはそれほど速くないので、逆行することはかんたんだった。

幸い、二メートルほど水の流れるトンネルを腹ばいに進んだところで、それまでぼくの頭や背中にあたっていた天井の感触《かんしょく》が消えた。溝がどこか広い空間に出たのだと思い、ぼくは水から顔をあげて立ちあがった。

悲鳴が聞こえた。

汚れた水が目の中に入るのがいやだったけど、ぼくは目を開けた。一瞬《いっしゅん》、もといた部屋に戻ってきたのかと思った。先ほどとまったく同じ、そこは周囲を灰色のコンクリートに囲まれた小さな部屋だった。それに、溝はさらにまっすぐ床の中央を貫いて続いている。ぼくは溝の上流のトンネルに飛びこみ、下流のトンネルから出てきてしまったのだと思った。

しかし違《ちが》った。姉のかわりに、別の人間がいた。姉よりも少し年上くらいに見える若い女の人で、見たことのない顔だ。

「あなたはだれ⁉」

彼女はそう叫《さけ》び、恐《こわ》がるようにぼくから遠ざかる。

ぼくと姉のいた部屋から上流の方向へ溝の中を進むと、そこもまた同じつくりの部屋で、人が閉じ込められていた。何から何まで同じで、溝もさらに先へ続いていた。しかも、そのひと部屋だけではなかったのだ。

ぼくは、戸惑《とまど》っている女の人に、溝の下流側の部屋に姉と閉じ込められていることを説明した。それからさらに、足に結んでいたロープを外して上流の方へ向かうことにした。その結果、さらに二つのまったく同じコンクリート製の部屋があった。

つまり、ぼくと姉のいた部屋から溝を遡《さかのぼ》ると、三つの部屋があったわけである。

どの部屋も、一人ずつ人間が入れられていた。

最初の部屋には若い女の人。

その次の部屋には髪《かみ》の長い女の人。

一番、上流にある部屋には、髪を赤く染めた女の人。

みんな、わけもわからず閉じ込められていた。大人ばかりで、子供なのはぼくと姉だけだった。姉はともかく、ぼくはまだ体も小さいので、姉弟でセットにされて部屋に入れられたのだろう。ぼくは一人分として数えられなかったのだ。

赤く髪を染めた女の人がいた部屋から先には、溝《みぞ》に鉄柵《てつさく》がしてあって進めなくなっていた。

ぼくはもとの部屋に戻ると、全部、姉に説明した。

ぼくの体は、乾《かわ》いても臭《にお》いがとれなかった。体を洗う水もない。そのため、部屋はより臭《くさ》くなったが、姉は不満を言わなかった。

「私たちがいるのは、上流側から数えて四つ目の部屋ということね？」

つぶやきながら、何か考えていた。

部屋はたくさん連なっていたのだ。そしてそれぞれ人が閉じ込められている。それがぼくには驚《おどろ》きだった。心強い気もした。同じ状況《じようきよう》の人が大勢いるというのは、慰《なぐさ》められているようだった。

それに、みんなぼくを見て、最初は戸惑っていたが、やがて顔を輝《かがや》かせた。これまで何日も閉じ込められていて、みんな、他人というのを見ていなかったらしい。扉《とびら》を開けられることもなく、自分が今、どんな状況なのか、壁の向こう側がどうなっているのかも知らなかったのだ。

だれも、溝をくぐれるような小さな体を持っておらず、どうすることもできなかった。

ぼくが溝にもぐって部屋を立ち去ろうとすると、またここに戻《もど》ってきて何を見たのか説明するようにとみんな懇願《こんがん》した。

だれが自分たちを閉じ込めているのか、みんな知らないのだ。だから、自分はどんな場所に閉じ込められているのか、自分はいつ外に出られるのかということを知りたがっていた。

姉に上流の様子を報告した後、今度は溝の中を下流の方向へ向かった。そこもまた、上流側がそうだったように、コンクリートの薄暗《うすぐら》い部屋が連なっていた。

下流へ向かって最初の一部屋目は、他の部屋と同じ状況だった。

姉と同じくらいの年齢《ねんれい》に見える女の人が閉じ込められていた。ぼくを見ると驚き、説明を聞くとやがて顔を輝かせた。やはり、みんなと同じように部屋へつれてこられ、わけもわからず閉じ込められているそうだった。

さらにその部屋から下流へ向かった。

また四角い部屋に出た。しかし、今度は様子が違っていた。つくりは他の部屋とまったく同じだったが、人がいなかった。空っぽの空間に、電球の明かりだけが弱々しく灰色の箱の中を照らしている。これまでに見た部屋にはかならず人がいたため、部屋にだれもいないというのが不思議な感じだった。

溝はまだ先へ続いている。

空っぽの部屋から、もうひとつ先へ進む。足のロープを持ってくれる人はいなかったけど、気にしなかった。どうせまた下流にも小部屋が並んでいるのだろうと思い、ロープは姉の部屋に置いてきていた。

ぼくと姉のいた部屋から下流へ三つ目の部屋に、母と同じくらいの年齢に見える女性がいた。溝から立ちあがるぼくを見ても、彼女はさほど驚かなかった。彼女の様子がおかしいことはすぐにわかった。

やつれて、部屋の隅《すみ》にうずくまり、震《ふる》えている。母と同じくらいの年齢に見えたのは間違《まちが》いで、本当はもっと若いのかもしれない。

ぼくは溝の先を見た。壁《かべ》の下の四角い穴に鉄柵があり、そこから先には行けないようになっている。どうやら下流の終着点らしい。

「あの、大丈夫《だいじょうぶ》ですか……？」

ぼくは気になって、女の人に声をかけた。彼女は肩《かた》を震わせた。恐怖《きょうふ》の眼差《まなざ》しで、水の滴《したた》っているぼくを見つめる。

「……だれ？」

魂《たましい》のほとんど抜《ぬ》けきった力のないかすれた声だった。

他の部屋にいた人の様子と、あきらかに違《ちが》う。髪はぼさぼさになり、抜け落ちた毛がコンクリートの床《ゆか》に散らばっていた。顔や手が汗《あせ》で汚《よご》れている。目や頰《ほお》が落ち窪《くぼ》み、骸骨《がいこつ》のように見える。

　ぼくは彼女に、自分が何者で、何をしているのかを説明した。彼女の暗かった瞳《ひとみ》の中に、光が点《とも》ったように感じた。

「じゃあ、この溝の上流に、まだ生きた人間がいるのね!?」

　生きた人間？　ぼくは彼女の話がうまく理解できなかった。

「あなただって見たでしょう？　見なかったはずがないわ！　毎日、午後六時になると、この溝を死体が流れていくのを……！」

　ぼくは姉のもとに戻って、まずは溝の先がどうなっていたのかを説明した。

「全部で部屋は七つ連なっていたのね……」

　姉はそう言うと、ぼくがいろいろなことを説明しやすいように、それぞれの部屋に番号を割り振《ふ》った。上流の方から順番に番号をつけると、ぼくと姉のいる部屋は四番目、そしてあの最後の部屋にいた女の人は七番目の部屋にいたことになる。

　それからぼくは、七番目の部屋の女性が言ったことを姉に説明するべきかどうか迷った。まに受けて話をすると、ばかげていると思われるかもしれない。そうしているうちに、何かを躊《ため》躇《ら》っていることが姉に気づかれたらしい。

「まだ何かあるの？」

ぼくはおそるおそる、七番目の部屋の女性が言ったことを姉に話した。

あのやつれきった女性が言うには、毎晩、決まった時刻になると、溝《みぞ》を死体が流れていくそうだ。上流から下流へ、水に乗ってゆっくりと漂《ただよ》って部屋を通り過ぎるという。

なぜ、それらの死体が、溝の狭《せま》いトンネルをくぐれるのか、ぼくは話を聞いていて不思議に思った。そもそも七番目の部屋を通る溝の下流側には鉄柵《てっさく》がはまっていて、先に行けないようになっているのだ。死体が流れてくれば、引っかかるはずである。

しかし、やつれた女性は言った。

流れてくる死体はどれも、鉄柵の隙間《すきま》を通り抜けられるほどに細かく切り刻まれているのだそうだ。だから、たまに柵へひっかかる程度で、ほとんどは部屋を通り過ぎて、流れ去ってしまうという。彼女は部屋に閉じ込められた日から毎晩、死体の破片が水に浮《う》いて横切っていくのを見るのだそうだ。

姉は話を聞いている間、目を大きく広げてぼくを見ていた。

「昨夜も見たって？」

「うん……」

ぼくたちは昨日、死体が溝を流れるのに気づかなかった。いや、気づかないなんてことあるだろうか。夕方六時には、たしかまだぼくたちは起きていた。溝は部屋のどの位置にいても目につく。何かおかしなものが浮いていれば、不思議に思わないはずがない。

「上流にいた三つの部屋の人も、そんなことを言ってた？」

　ぼくは首を横に振った。死体の話なんてしたのは、七番目の部屋にいた、やつれた女性だけだ。彼女だけが、幻覚《げんかく》でも見ていたのだろうか。

　しかしぼくには、彼女の顔が忘れられなかった。頰がこけて、目の下にくまを作り、すでに死んでしまった人のように目が暗かった。心底、何かにおびえている人の表情だったのだ。他の部屋に閉じ込められている人とあのやつれた女性とでは、どこかがあきらかに違《ちが》っていた。彼女は何か特別な悪い体験をしているに違いないと思った。

「その話、本当だと思う？」

　姉に尋《たず》ねると、わからない、というふうに首を振った。ぼくは不安でしかたなかった。

「……時間がくれば、きっとわかるわよ」

　ぼくと姉は部屋の壁に体を預けて座りこみ、姉の腕《うで》に巻かれている時計で午後六時になるのを待った。

　やがて、腕時計の長針と短針が一直線に並び、『12』と『6』を結ぶ。銀色の針は部屋の電球の光を反射して、時間がきたことを告げた。ぼくと姉は、息をつめて溝を見つめた。

　扉《とびら》の向こう側に、だれかの行き来する気配がある。ぼくと姉はその気配にそわそわさせられた。聞こえる足音と、この時刻であることとの間に、何か関係があるのだろうか。しかし、声をかけても無駄だと思ったのか、姉は扉の下の隙間《すきま》から歩いている人物に呼びかけたりはしなかった。

どこか遠くで機械の唸《うな》る音が聞こえる。でも死体なんて流れてこなかった。ただ、濁った水に無数の死んだ羽虫が浮いているだけだった。

●三日目・月曜日

目が覚めると朝の七時だった。扉の下の隙間に、食事の食パンが差し込まれている。一日目の食事以来、部屋に置いたままになっていた水の入っていた皿は、昨日、隙間から外に出しておいた。それがよかったのか、今日は水がもらえた。おそらくぼくたちをここに閉じ込めている人物は、朝食のパンをみんなに配る際、水の入ったヤカンをいっしょに持ち歩いているのだろう。一枚ずつ食パンを隙間へ差し込むたび、扉の下から出された皿の中へ水を入れていく。顔も知らないその人物がそうして七つの扉の前を歩いている場面を、ぼくは想像した。

姉が食パンを二つに裂《さ》き、大きな方をぼくにくれた。

「お願いがあるわ」

姉は、またぼくに溝の中を移動してみんなに話を聞いてきてほしいと言った。ぼくは二度と溝にもぐるのはいやだったが、そうしないならその食パンを返せと姉が言うので、従うことにした。

「みんなに聞くことは二つあるわ。何日前に閉じ込められたのかということと、溝の中を死体が流れるのを見たかどうか。以上のことをたずねてきてちょうだい」

ぼくはそうした。

まずは上流の三つの部屋へ向かう。

ぼくの顔を見ると、みんな、ほっとした表情になった。姉に頼《たの》まれた質問をみんなにした。

窓も何もない空間なので、自分がどれくらいの間ここにいるのかを知ることは難しそうに思えた。しかし、時計をもっていない人もいたが、それぞれ何日間ここに閉じ込められているのかを把握《はあく》していた。食事が一日に一回、運ばれてくるため、その回数を数えていればいいのだ。

次に下流へ向かう。そこでおかしなことになっていた。

五番目の部屋は昨日通り、若い女の人がいた。

しかし、昨日、空っぽだった六番目の部屋には、はじめて見る女の人が入っていた。彼女は、溝の中から現れたぼくを見ると悲鳴をあげ、泣き叫《さけ》んだ。ぼくを怪物《かいぶつ》のように思ったらしく、説明するのに戸惑《とまど》った。ぼくもここに閉じ込められていて、体が小さいために溝の中を移動できるのだということを説明すると、理解してもらえた。

彼女は昨日、気づくとこの部屋の中にいたらしい。土手をジョギングしていたのだが、道に駐車《ちゅうしゃ》している白いワゴン車の脇《わき》を通りすぎた瞬間《しゅんかん》、急に頭を何かで殴《なぐ》られて、気を失ったのだそうだ。まだ殴られたところが痛むのか、彼女は頭を押さえていた。

ぼくは七番目の部屋へ向かった。そこでもまた、考えていなかったことが起きた。

昨日はやつれた女性がその部屋にいて、溝を死体が流れていくと話していた。しかし、その女性がどこにもいない。部屋の中から消えて、ただコンクリートの無表情な冷たい空間があるだけだった。電球が空っぽを照らしていた。

不思議なことに、昨日、ここへきたときよりも部屋の中が綺麗《きれい》な気がした。人間が閉じ込められていたという気配があまりない。壁《かべ》や床《ゆか》には少しも汚《よご》れた様子がなく、平らな灰色の表面にただ電球の作る明るい部分と暗い部分があるだけだった。

昨日、ぼくがここで見た女性は錯覚《さっかく》だったのだろうか。それとも、部屋を間違《まちが》えているのだろうか。

四番目の部屋に戻《もど》り、見聞きしたことをすべて姉に説明した。

姉がぼくの口を使って言わせた一つ目の質問には、みんなそれぞればらばらな答えが返ってきた。

一番目の部屋にいた髪《かみ》を染めた女の人は、閉じ込められた状態で今日、六日目を迎《むか》えたそうだ。六回、食事を与《あた》えられたので間違いないという。

二番目の部屋にいた女の人は五日目、三番目の部屋の女性は四日目、そして四番目の部屋にいるぼくと姉は、部屋で目覚めて三日目だ。

さらに下流にある五番目の部屋の女性は二日目。そして昨夜、部屋の中で目覚めたという女の人は、今朝の食事がはじめてだったので、一日目だ。

　七番目の部屋にいた人は、何日間、閉じ込められたのだろう。尋ねる前に消えてしまった。

「……外へ出られたのかな？」

　姉に尋《たず》ねると、わからない、という答えが返ってきた。

　二つ目の『死体が流れていくのを見たことがあるか』という質問に対しては、だれもが首を横に振《ふ》った。溝《みぞ》を流れる死体なんて見た人間は、だれもいなかったのだ。それどころか、ぼくの質問を聞いた瞬間、不安そうな顔をした。

「なんでそんな質問をするの？」

　どの部屋の女の人も、そう返事をした。ぼくが何か特別な情報を持っていてそんな質問をしているのだと思ったようだった。それは実際にその通りなのだ。みんなはぼくのように他の部屋の情報を知ることができない。だから、いろいろなことを想像するしかない。ただ閉じられた空間の中で、壁の向こう側はＴＶ局や遊園地なのかもしれないと思い巡《めぐ》らして時間をつぶすしかないのだ。

「後で説明します……」

　ぼくは、早くみんなに質問してまわりたくて、そう短く切り上げた。

「だめ、ここは通さないから。それともあなた、ここにわたしを閉じ込めている人の仲間なの？　他の部屋にも人が閉じ込められているって話、嘘《うそ》なのね？」

　一番目の部屋から立ち去ろうとしたとき、その部屋にいた人だけはそう言って溝の中に入ると、下流側の壁を背にして直立した。ちょうど溝のトンネルを足で塞《ふさ》いだ格好になる。そうされるとぼくは帰れなかった。

しかたなく、昨日、七番目の部屋で聞いたことと、姉の命令でみんなに質問してまわっていることなどを話した。彼女は顔を蒼白《そうはく》にしながら、馬鹿《ばか》ね、そんなはずないじゃない、と言ってぼくに道をあけてくれた。

しかし、結局、だれも死体が流れるところを見たことがないということは、やっぱり七番目の部屋にいた人は夢でも見ていたのだろうか。そうだといい。ぼくはそう思った。

そもそも、七番目の部屋にいたやつれた女性は、毎日、決まった時刻に死体が流れていったと言う。でも、これまで何日も閉じ込められていた上流にいた人たちは、死体なんて見ていないそうだ。わけがわからない。

ぼくはため息をつき、溝の中に入って汚れた体を、以前に作ったロープで拭《ふ》いた。ぼくの上着やズボンはすべてロープにしてしまい、そのままだったから、これまでずっとパンツだけで過ごしていた。それでも部屋は生暖かいので、風邪《かぜ》をひくことはなかった。ロープはとくに使い道もないまま、部屋の片隅《かたすみ》に放置して時々ぼくの体を拭くタオルのかわりになっていた。

膝《ひざ》を抱えた状態で寝転がる。剝《む》き出しのコンクリートの床は、肋骨《ろっこつ》が硬《かた》い床の表面に当たって寝転がるには痛かった。でもしかたない

それから、こんな不確かなわけのわからない情報も、他の部屋にいるみんなに伝えてまわる

べきだと思った。みんな、自分に見える範囲《はんい》のことしか知り得なくて、恐《こわ》がっている。

でも、話を聞いてさらにわけがわからなくなるかもしれないと考えると、話していいのかどうか迷う。

部屋の隅に座っている姉が、壁と床の境目あたりを凝視《ぎょうし》していた。ふと、手で何かをつかむ。

「髪の毛が落ちてたわ」

姉が、長い髪の毛を指先につまんで垂らしながら意外そうに言った。なぜ、あらためてそんなことを言うのか、ぼくにはわからなかった。

「これを見て、この長さ!」

姉は立ちあがり、拾った髪の毛の長さを確かめるように、端《はし》と端をつまんで掲《かか》げた。五十センチはあった。

ようやく、ぼくは姉の言いたいことがわかった。ぼくと姉の髪の毛は、そんなに長くないのだ。ということは、床に落ちていたのは、ぼくたち以外のだれかの毛髪《もうはつ》だということだ。

「この部屋、私たちがくる前にだれかがつかっていたんじゃないかしら?」

姉は顔を青くして、うめくように言葉を吐《は》き出す。

「きっと……、いえ、たぶん……。馬鹿げた推測かもしれないけど……。あなたも気づいたでしょう? 上流にある部屋の人のほうが、閉じ込められている期間が長いのよ。それも、ひとつ部屋がずれると、一日、多く閉じ込められている。つまりね、端にある部屋から順番に人が入れられていったということなの」

姉はあらためて、それぞれの部屋にいる人の、閉じ込められた期間の違《ちが》いに注目していた。

「それじゃあ、それ以前はどうだったのかしら？」

「人が入る前？　空っぽだったんじゃない？」

「そう。空っぽだったのよ。それじゃあ、その前は？」

「空っぽの前は、やっぱり空っぽだったんだよ」

姉は首を横に振りながら、部屋の中を歩き回った。

「昨日を思い出して。昨日の段階で、私たちは連れてこられて二日目だった。ひとつ下流にある五番目の部屋の人は一日目だった。六番目の部屋は、ゼロ日目と考えて、空っぽだった。でも、七番目の部屋の人は？　その並び順で考えれば、マイナス一日目の人が入れられているはずでしょう？　あなた、マイナスって数字は小学校でならった？」

「それくらい知ってるさ」

しかし、話がややこしくてわからなかった。

「いい？　連れてこられてマイナス一日目の人なんていないのよ。あの人は、わたしの勝手な推測だけど、昨日の段階で連れてこられて六日目の人だったのよ。一番目の部屋にいた人が閉じ込められる前日に、その人は連れてこられていたの」

「それで、今どこにいるの？」

姉は歩き回るのをやめて口籠《くちご》もり、ぼくを見た。一瞬《いっしゅん》、躊躇《ためら》ってから、おそらくもうこの世にいないのだということをぼくに説明した。

昨日はいた人が消え、空っぽの部屋に人が入る。ぼくは、溝《みぞ》の中を移動して見てきた部屋ごとの違いを、姉の言ったことに照らしあわせて考えた。

「一日たつと、人のいない部屋が下流の方向へひとつずれる。それが下流まで行ってしまったら、また上流の部屋からやり直し。七つの部屋は、一週間を表しているんだわ……」

一日に一人ずつ、部屋の中で殺されて、溝に流される。その隣《となり》の空っぽだった部屋には、人が入れられる。

順番に殺されて、また人は補充《ほじゅう》される。

昨日、六番目の部屋に人はいなかった。今日はいた。人がさらわれてきて、補充された。

昨日、七番目の部屋に人はいた。今日はいなかった。消されて、溝に流された。

右手の親指の爪《つめ》を噛《か》みながら、姉は忌《い》まわしい呪文《じゅもん》のようにつぶやいていた。目の焦点《しょうてん》はあっていなかった。

「だから、七番目の部屋の人は、溝に死体が流れて過ぎるのを見ることができた。だって、この順番で部屋に人が入れられるのであれば、死体が溝に流されても、その部屋より上流の方にいては見ることはできない。こう考えれば、七番目の部屋にいた女の人の話が、夢や幻覚《げんかく》じゃなかったと考えることができるわ。つまり彼女が見たのは、以前に他の部屋へ入れられていた人の死体だったんだと思う」

昨日の段階で、死体が流れるのを見ていたのは、七番目の部屋にいた女性だけだったのだ。そう姉は説明してくれた。ぼくはややこしくてよくわからなかったけど、姉の言っていることは正しいように思えた。

「私たちが連れてこられたのが金曜日、その日に五番目の部屋にいた人が殺されて流された。一晩あけて土曜日、六番目の部屋の人が殺されて、五番目の部屋に人が入れられた。あなたが見た空っぽの部屋は、中にいた人が殺された後だったんだ。そして日曜日、七番目の部屋の人が殺された。ここで溝を監視《かんし》していても、当然、死体は見えなかったはずだわ。上流には流れてこないのだから。そして今日、月曜日……」

一番目の部屋の人が殺される。

ぼくは急いで一番目の部屋へ行った。

髪《かみ》を染めた女の人に、姉の考えたことを説明した。しかし、彼女は信じなかった。顔を引きつらせながら、そんなことあるはずないでしょう、と言った。

「でも、一応ってこともあるから、なんとかして逃《に》げださないと……」

しかしどうやって逃げればいいのか、だれにもわかっていなかった。

「私は信じないわ！」彼女は怒《おこ》ったようにぼくへ叫《さけ》んだ。「一体なんなのよこの部屋は！」

ぼくは溝の中を、姉のもとまで戻《もど》った。途中《とちゅう》、ふたつの部屋を通り抜《ぬ》けないといけない。そのとき、それぞれの部屋にいた人に声をかけられ、何があったのかとたずねられた。しかし、話をしていいのかどうかわからなかった。結局、何も伝えないまま、すぐにまた戻るからと言って姉のもとへ向かった。

姉は部屋の角で膝《ひざ》を抱えていた。ぼくが溝からあがると、手招きした。溝の水で体中が汚《よご》れているのにも構わず、姉はぼくを抱《だ》きすくめた。

姉の腕《うで》時計で午後六時。

溝を流れる水に、赤味が差した。ぼくと姉が話もせず見つめていると、溝の上流側の四角い口から、白いつるりとした小さなものが漂《ただよ》ってきた。最初は何かわからなかったが、それが水面で半回転したとき、並んでいる歯が見えて、下顎《したあご》の一部だとわかった。それが浮《う》いたり沈《しず》んだりしながら部屋の中を通りすぎ、下流側の穴へ吸いこまれていく。やがて耳や指、小さくなった筋肉や骨が次々と流れてきた。切断された指に、金色の輪がはまっている。

染めた髪の毛の塊《かたまり》が流れていく。よく見るとそれらは、ただ髪の毛がからまっているわけではなく、髪の生えた頭皮ごと流れているのだと気づく。

一番目の部屋の人だ、とぼくは思った。濁《にご》った水に乗って流れていく無数の体の切れ端《はし》は、とても人間だったものとは思えず、ぼくはただ不思議な気持ちにさせられた。

姉は口元を押さえてうめいた。部屋の隅《すみ》に吐《は》いたが、ほとんど胃液だけだった。話しかけたけど答えてくれず、姉は放心したように黙《だま》りこんでいた。

薄暗《うすぐら》くて陰鬱《いんうつ》なこの四角い部屋は、ぼくたちをそれぞれ一人ずつにわけ隔《へだ》てる。充分《じゅうぶん》に孤独《こどく》を味わわせた後に、命を摘《つ》み取っていく。

「一体なんなのよこの部屋は！」

そう一番目の部屋の人は叫んでいた。震《ふる》えるようなその叫び声が頭にこびりついて離《はな》れない。

そしてこの固く閉ざされた部屋は、ただぼくたちを閉じ込めているという以上の意味を持っているように感じられてくる。もっと重大な、人生とか魂《たましい》といったものさえ閉じ込め、孤立《こりつ》させて、光を剝《は》ぎ取っていくように思えた。まるで魂の牢獄《ろうごく》だ。これまで見たことも体験したこともない本当の寂《さび》しさや、もう自分たちには未来などないのだという生きることの無意味さをこの部屋は教えてくれる。

姉が膝を抱《かか》えて体を丸め、むせび泣いていた。ぼくたちの生まれるずっと昔、歴史のはじまる以前から、人間の本当の姿はこうだったのかもしれないと思った。暗く湿《しめ》った箱の中で泣いているような、今の姉のようだったのかもしれない。

ぼくは指を折って数えた。ぼくと姉が殺されるのは、閉じ込められて六日目の、木曜の午後六時のはずだった。

●四日目・火曜日

何時間もかけて、溝《みぞ》の水から赤い色が消えた。その直前、石鹸《せっけん》でたてられたような泡《あわ》が水面に浮かんで流れていったので、もしかするとだれかが上流の部屋を掃除《そうじ》しているのかもしれないと思った。人を殺せばきっと血が出る。それを洗い流しているのだ。

姉の腕時計の針が深夜十二時を過ぎ、ぼくたちがここへ連れてこられて四日目、火曜日が訪れる。

ぼくは溝に潜《もぐ》り、上流にある一番目の部屋に向かった。

途中の部屋にいる二人は、溝を流れすぎたものの説明をするようぼくに迫《せま》った。ぼくは、後で、と言ってまずは一番目の部屋に急ぐ。

やはり、昨日までいたはずの女の人が消えていた。部屋の中は洗い流されたように綺麗《きれい》だったため、予想した通りだれかが掃除したのだろうと思った。それがだれなのかはわからない。でも、きっとぼくたちをここに閉じ込めている人なのだろうと思う。

姉が部屋の中で見つけた長い髪の毛は、やはりぼくたちが連れてこられる前に、あの部屋にいて殺された女性のものだったのだ。そして掃除が行なわれた際、偶然《ぐうぜん》、部屋の隅に落ちていた一本だけが石鹸水に流されず残っていた。

ぼくたちを連れてきて殺しているのは、どんな人なのだろう。だれも顔を見たことはなかった。時折、扉《とびら》の向こう側を歩く靴音《くつおと》は、きっとその人のものにちがいない。

その人は、一日に一人ずつ、部屋の中で人を殺す。六日間だけ閉じこめた後、ばらばらにするのがお気に入りなのだ。

まだ、姿を見たこともない。声さえ聞いたことがない。しかし、確実にその人物はいて、扉の向こう側を歩いている。毎日、パンと水と死を運んでくる。その人が七つの部屋を設計して、順番に殺していくという法則を考え出したのだろうか。

実際にその人物の姿を見たことがないせいか、とらえどころのない気持ち悪さを感じる。やがてぼくと姉もその人に殺されるのだろう。その直前にしか、はっきりと姿を見る方法はないように思う。

それではまるで、死神そのものだ。ぼくや姉、他の人たちは、その人物のつくった絶対的なルールの中に閉じ込められていて、死刑《しけい》が確定してしまっている。

ぼくは二番目の部屋に移動し、その部屋で六日目を過ごしている髪《かみ》の長い女の人に、昨日、姉が考えたことを伝えた。彼女は、それが馬鹿《ばか》げた推測だとは言わなかった。溝の上流から流れてきた一番目の部屋にいた女性の死体を見てしまっていたからだ。そして、薄々《うすうす》、自分が閉じ込められたまままもう外に出ることはできないのだということを感じ取っていたらしい。彼女は、話を聞いた後、姉と同じように黙りこんだ。

「……後で、またきます」

そう言ってぼくは三番目の部屋に向かい、そこでも同じ説明をした。

三番目の部屋にいた女性は、明日のうちに殺される予定である。これまではいつまで部屋に閉じ込められていなければならないのか、いったい自分はどうなってしまうのか、まったく判然としなかった。それが今では、明確な予定としてつきつけられる。

三番目の部屋にいた女の人は、口元を押さえ、ぽろぽろと涙《なみだ》をこぼした。

自分の殺される時間を知る方がいいのか、知らない方がいいのか、ぼくにはよくわからない。もしかしたら、何も知らされないまま、目の前を通り過ぎる死体を見つめて不安に日々を過ごし、ある日突然《とつぜん》に扉が開いてまだ見たこともない人間に殺されるほうがいいのかもしれない。

目の前で泣いている女の人を見ながら、七番目の部屋にいたやつれた女性のことを思い出した。みんな、彼女と同じ表情になる。

絶望。もう、何日も四角いコンクリートの部屋に閉じ込められていて、これがただのだれかの遊びだったとは考えられない。自分には本当に死が訪れるのだということを、嫌《いや》でも気づかされる。

七番目の部屋にいた女性は、毎日、溝を流れる見知らぬ人間の体の破片を見つめながら、今度は自分かもしれないと考えていたのだろう。彼女には、自分がいつ殺されるのかすら知る方法はなかった。ぼくは彼女の怯《おび》えた表情を思い出し、胸が苦しくなった。

二番目の部屋、三番目の部屋、それぞれの場所で同じ説明を繰《く》り返し、さらに五番目の部屋と六番目の部屋でも同じことをした。

そして七番目の部屋には、新しい住人が入れられており、溝から上がったぼくをみると悲鳴を上げた。

四番目の部屋にいる姉のもとへ帰る。

姉の様子が心配だった。部屋の隅《すみ》に座ったまま動かない。近づいて腕《うで》時計を見る。

朝の六時だ。

そのとき、扉《とびら》の向こう側で靴音《くつおと》が響《ひび》いた。扉の下の隙間《すきま》に食パンが一枚差し込まれ、出していた皿に水の注がれる音がする。

扉の下の隙間からはつねに向こう側の明かりが漏《も》れていて、その周辺だけは灰色のコンクリートの床《ゆか》がぼんやりと白い。そこに今、陰《かげ》ができて、動いている。だれかが扉の前に立っているのだ。

扉を隔《へだ》てた向こう側に、これまで多くの人間を殺して、今もぼくたちを閉じ込めている人物がいる。そう考えると、その人物が纏《まと》っている黒く禍々《まがまが》しい圧力が扉をつき抜《ぬ》けてほとんど息苦しいくらいぼくの胸を押さえつける。

姉が弾《はじ》かれたように立ちあがった。

「待って！」

扉の下の隙間に体ごと飛びかかるようにして、唇《くちびる》をつけて叫《さけ》んだ。必死で隙間に手をねじこむ。しかし入るのは手首までで、腕《うで》の途中《とちゅう》でつかえてしまう。

「お願い、話を聞いて！　あなたはだれなの⁉」

懸命《けんめい》に姉は叫ぶが、扉の向こう側にいた人は、まるで姉などいないように無視して行ってしまった。靴音が遠ざかっていく。

「ちくしょう……、ちくしょう……」

姉はつぶやきながら、扉の横の壁《かべ》に背中をあずけた。

鉄の扉には取っ手がなく、蝶番《ちょうつがい》の場所から考えると、部屋の内側に開くようできている。それが次に開くのは、部屋の中にいるぼくたちが殺されるときなのだろう。

自分は死ぬのだ、ということを考えた。ここに閉じ込められて、家に戻《もど》れないのが恐《こわ》くて泣いたことは何度もあったけど、殺されるということで涙を流したことはまだなかった。

殺されるってなんだろう。実感があまりない。

ぼくはだれに殺されるのだろう。

きっと、痛いにちがいない。そして死んだら、どうなってしまうんだろう。恐かった。でも、今一番、恐《おそ》ろしかったのは、姉がぼくよりも取り乱していることだった。不安そうに四角い部屋の四隅に視線を投げかけて体を縮めている姉を見ると、どうしていいのかわからなくなり、ぼくは動揺《どうよう》する。

「姉ちゃん……」

ぼくは心細くなり、立ったまま声をかけた。姉は膝《ひざ》を抱《かか》えた状態で、虚《うつ》ろな目をぼくに向けた。

「みんなに七つの部屋の法則について話したの……？」

ぼくは戸惑《とまど》いながらうなずく。

「あなた、残酷《ざんこく》なことをしたわね……」

いけないことだなんて知らなかったから……、そう説明したけど、姉は聞いていないようだった。

ぼくは二番目の部屋へ向かった。

二番目の部屋にいる女の人は、ぼくを見ると、安堵《あんど》するように顔をほころばせた。

「もう、戻ってこなかったらどうしようかと思っていたのよ……」

弱々しい笑《え》みだったが、ぼくは心の中が暖かくなるのを感じた。コンクリートの何もない空間でだれかが笑っている顔なんてしばらく見ていなかったから、彼女のやさしい表情が光とぬくもりをともなって見えた。

でも、自分が今日中に死ぬことを知っていて、なぜそんな顔ができるのだろうかと不思議に思った。

「さっき、廊下《ろうか》に向かって叫んでたのはあなたのお姉さん？」

「うん、そう。聞こえたの？」

「なんて言ったかまではわからなかったけど、たぶんそうじゃないかと思った」

それから彼女は、ぼくに故郷の話をした。ぼくの顔が、甥《おい》に似ていると言った。ここへ閉じ込められる前、事務の仕事をしていたことや、休日によく映画を見に行ったことなどを話した。

「あなたが外に出たとき、これを私の家族に渡《わた》してほしいの」

彼女は自分のはめていたネックレスをはずすと、ぼくの首にかけた。銀色の鎖《くさり》で、小さな十字架《じゅうじか》がついていた。それは彼女にとってのお守りで、ここに閉じ込められてからは毎日、十字架を握《にぎ》り締《し》めて祈《いの》っていたそうだ。

その日、一日かけて、ぼくとその女の人は仲良くなった。ぼくと彼女は部屋の隅に並んで腰《こし》掛《か》け、壁に背中をあずけて足をだらしなく伸《の》ばしていた。ときどき立ちあがって身《み》振《ぶ》りをしながら話をすると、天井《てんじょう》から下がっている電球が壁に巨大《きょだい》な影《かげ》を映した。

音は部屋の中を流れる水の音だけだった。溝《みぞ》を見ながらふと、自分は汚《よご》れた水の中をいつも移動しているから、顔をしかめるほど臭《くさ》いに違《ちが》いないと思った。それで、少し彼女から体を離《はな》して座りなおした。

「なんで遠ざかるの。私だってもう何日もお風呂《ふろ》に入ってないのよ。鼻なんて麻痺《まひ》してるわ。……もしも外に出ることができていたら、真っ先にお風呂へ入って身を清めたかった」

口元に笑みを浮《う》かべて彼女は言った。

話をしていても、時々、微笑《ほほえ》むことがあった。それがぼくには不思議に思えた。

「……なんで、殺されることがわかっているのに、泣き喚《わめ》いたりしないの？」

ぼくは困惑《こんわく》した顔をしていたにちがいない。彼女は少し考えて、受け入れたからよ、と答えた。まるで教会にある彫刻《ちょうこく》の女神みたいに、彼女の顔は寂《さび》しげでやさしかった。

別れ際《ぎわ》、彼女はぼくの手をしばらく握り締めていた。

「あったかいのね」

そう言った。

六時になる前、ぼくは四番目の部屋に戻った。

自分の首に下がっているネックレスのことを説明すると、姉はぼくを強く抱《だ》きしめた。やがて溝が赤くなって、先ほどまでぼくの目の前にあった目や髪《かみ》の毛が溝を流れて部屋を横切っていった。

ぼくは溝に近寄り、汚れた水に浮いて流されていく彼女の指を、そっと両手ですくいあげた。最後にぼくの手を握り締めていた指だった。ぬくもりをなくして、小さな破片になっていた。

胸の中に痛みが走った。頭の中が、溝の水と同様に赤く染まっていく。世界のすべてが真っ赤になり、熱くなり、ほとんど何も考えていられなくなる。

ふと気づくとぼくは姉の腕《うで》の中で泣いていた。姉はぼくの額にはりついて乾《かわ》いている髪の毛を触《さわ》っていた。汚《きたな》い水で濡《ぬ》れた髪の毛は、乾燥《かんそう》するとぱりぱりになった。

「うちに帰りたいね」

とてもやさしく、灰色のコンクリートに囲まれた部屋には不釣合《つりあ》いな声で、姉がつぶやいた。
ぼくはうなずきを返した。

●五日目・水曜日

殺す人がいて、殺される人がいる。この七つの部屋のルールは絶対だった。本来なら、そのルールは、殺す側の人だけが知っていることで、殺される側のぼくたちは知り得ないことだった。

でも、例外が起きた。

ここへみんなを連れてきて閉じ込めている人物は、まだ体の小さなぼくを姉と同じ部屋に入れたのだ。子供だから、一人として数えなかったのだろう。あるいは、姉もまた成人していないので、姉弟でひとつのセットとして考えたのかもしれない。

ぼくは体が小さかったため、溝の中を移動し、自分たちのいる部屋以外にも他の部屋があることを把握《はあく》した。そして殺す側の人が定めたルールを推測したのだ。ぼくたちが殺す側のスケジュールを知っていることを、殺す側の人は知らない。

殺す人と、殺される人、その逆転は絶対に起こったりしない。それはこの七つの部屋では神が定めた法則のように絶対的だった。

しかし、ぼくと姉は生き残る方法について考え始めた。

四日目が終わり、五日目の水曜日がやってくる。二番目の部屋から人が消え、一番目の部屋に新しい人が連れてこられる。

この七つの部屋の法則はその繰《く》り返しだった。もうどれくらい前からそれがおこなわれているのかわからない。溝の中を何人もの死体が通りすぎていったのだろう。

ぼくは溝のトンネルを行き来して、みんなと話をしてまわる。当然、みんなは元気のない表情をしていた。それでもぼくが部屋を立ち去ろうとすると、また部屋を訪問してほしい素振《そぶ》りを見せた。だれもが部屋にひとりで取り残され、強引に孤独《こどく》をつきつけられる。それがきっと耐《た》えられないのだ。

「あなただけなら、そうやって部屋の中を移動し続けていれば、犯人に殺されずにすむわ……」

ぼくが溝のトンネルに飛びこもうとしているとき、姉が言った。

「私たちを閉じ込めたやつは、あなたがそうやって部屋を移動できるなんて知らないはずだからね。明日、この部屋にいる私が殺されても、あなたは別の部屋に逃《に》げることができる。そうやっていつも逃げていれば、殺されずにすむわ」

「……でも、そのうちに成長して体が大きくなると、溝のトンネルを通れなくなるよ。それに、犯人だって、この部屋に二人を閉じ込めたことくらい覚えてるにちがいないよ。ぼくがいなかったら、きっと探すはずだよ」

「でも、少しの間なら生き延びられるでしょう」

姉は切羽詰《せっぱつま》ったように、明日ぼくがそうするようすすめた。しかし、それは時間稼《かせ》ぎにしか思えなかった。それでも姉は、その間に逃げ出す機会が訪れるかもしれないと考えているらしかった。

そんな機会などないのだ。ぼくにはそう思えた。ここから逃げる方法など、どこにも見当らなかった。

三番目の部屋にいた若い女の人は、死ぬ直前までぼくと話をしていた。彼女は少し変わった名前をしていて、聞いただけではどう書くのかわからなかった。そこで彼女はポケットから手帳を取り出して、弱々しい電球の下で書いて見せた。小さな鉛筆《えんぴつ》のついた手帳だった。ここへみんなを閉じ込めた人物は、どうやら手帳を取り上げなかったらしく、ポケットの中に入ったままだったそうだ。

鉛筆の先には無数の歯型があり、芯《しん》は不器用に飛び出していた。丸くなった芯を出すため、噛《か》んで木の部分を落としたらしい。

「わたしの両親はね、都会で一人暮ししているわたしにいつも食べ物を送ってくれるの。わたしは一人娘《ひとりむすめ》だから、心配なのね。ジャガイモやキュウリの入った段ボール箱、宅配便屋さんが持ってきてくれるんだけど、わたしはいつも会社にいて、受け取れないの」

彼女は今も自分のアパートの前で、両親の送った荷物を抱《かか》え玄関《げんかん》に宅配便屋さんが立っているのではないかと心配していた。話をする彼女の目は、蛆《うじ》の塊《かたまり》が浮《う》いている溝の濁《にご》った水に向けられていた。

「子供のころ、家のそばにあった小川でよく遊んだわ」

その川は、底の小石まではっきりと見える澄《す》んだ水だったそうだ。ぼくは話を聞いていて、まるで夢の世界のようにその川を想像した。太陽の光が川面《かわも》に反射し、ゆらいでぽろぽろと崩《くず》れて輝《かがや》くような、明るい世界。頭上高くまで青空が広がっている。重力に反して自分の体がどこまでも上へ上へ落ちていってしまうような、そんな果てしない空だ。

陰鬱《いんうつ》なコンクリートの狭《せま》い部屋に閉じ込められ、溝から漂《ただよ》う腐臭《ふしゅう》と、電球が逆に浮き彫《ぼ》りにする暗闇《くらやみ》とに、ぼくはなれはじめていたらしい。ここへくる以前にあったごく普通《ふつう》の世界のことを忘れかけていた。風《ふ》の吹く外の世界を思い出し、悲しくなった。

空が見たい。これまでこんなに強く思ったことはなかった。ぼくは閉じ込められる前、どうしてもっとよく雲を眺《なが》めておかなかったのだろう。

昨日、二番目の部屋にいた人とそうしたように、ぼくと彼女は並んで座って話をした。

彼女もまた、泣き喚《わめ》いて理不尽《りふじん》さに怒《おこ》ったりしなかった。ごく普通に、昼下がりの公園のベンチで会話をするように話をした。それは、ここが周囲を灰色の固い壁《かべ》に囲まれた部屋だということを少しの間だけ忘れさせてくれた。

二人で歌をうたいながら、なぜ目の前にいるこの人は殺されるのだろう、とふと疑問に思った。そして、自分も同じように殺されるのだということを思い出した。

殺される理由を考えてみたが、それは結局、ここに連れてきた人が殺したかったからという、ただそれだけの結論にいつも落ちついた。

彼女はさきほどの手帳を取り出して、ぼくの手に握《にぎ》らせた。

「あなたがここを出ることができたら、この手帳を両親に渡《わた》してほしいの。お願い」

「でも……」

ぼくが外に出られることなんて、はたしてあるのだろうか？　昨日、二番目の部屋にいた人も、同じようにぼくが外に出ることを期待して十字架《じゅうじか》のついたネックレスを首にかけた。しかし、ぼくが外に出られる保証なんてどこにもなかった。

そう言おうとしたとき、扉《とびら》の前にだれかの立つ気配がした。

「いけない！」

彼女は顔を強張《こわば》らせた。

ぼくたちは、時間がいつのまにか差し迫《せま》っていたことを知った。午後六時がおとずれたのだ。そうなる前にこの部屋から立ち去るはずだったのに、時間の経過を忘れていた。彼女は腕《うで》時計を持っていなかったし、いっしょにいる楽しさがぼくを迂闊《うかつ》にした。

「早く逃《に》げて！」

立ちあがり、ぼくは咄嗟《とっさ》に溝の中に入った。上流の方向へ続く四角いトンネルに飛びこむ。下流の方へ行けば、姉がいる隣《となり》の部屋へ行けたはずだったが、上流への穴の方が近くにあったのだ。

ぼくが穴へ飛び込むと同時に、背後で鉄の重い扉の開く音がした。頭の中が、一瞬《いっしゅん》、熱くなる。

ここにみんなを閉じこめた人物が現れたのだ。ぼくはすでにその人物に対して、死ぬ直前にしか姿を見ることがゆるされないような、禁忌《きんき》の幻想《げんそう》を抱《だ》いていた。およそ接近しただけでも指の先から崩れ落ちてしまうような、そんな絶対的な死の象徴《しょうちょう》として畏怖《いふ》していた。

胸の動悸《どうき》が速くなる。

トンネルを抜《ぬ》け、二番目のだれもいない部屋で立ちあがる。溝《みぞ》の中に立ったまま、深く呼吸した。渡された手帳を、床《ゆか》の上に置く。

今から三番目の部屋で、ぼくたちを閉じ込めた人物が、彼女を殺すのだ。そう考えて、ぼくはある考えに取りつかれていた。体中が恐怖《きょうふ》で震《ふる》える。それは危険な行為《こうい》だった。しかし、ぼくはそれを実行しなければならない。

ぼくと姉は、ここから逃げるのだ。そのための方法を考えているけれど、まだ思い浮かばない。どんな手がかりでもいい、もっと姉は情報を欲しがっていた。ここから這《は》い出て、また空を見るための取《と》っ掛《か》かりを探していた。

そのためには、これまでそうしたように、まだ謎《なぞ》のまま黒く塗《ぬ》りつぶされている部分をぼくが見て、姉に伝えるしかないのだ。

謎の部分。それは、ここにぼくたちを閉じ込めた人物の姿、そしてどのように人間を殺しているのかという殺害の手順だった。

ぼくはもう一度、引き返して、三番目の部屋を覗《のぞ》こうと考えていた。もちろん、あの狭い部屋の中に出てしまっては、たちまち見つかって自分も殺されてしまう。注意深く、溝の中から様子をうかがうだけである。それでも、ぼくは緊張《きんちょう》で眩暈《めまい》がしそうになる。覗いていることがばれたら、明日を待たずに殺されるのだろう。

溝の下流側、二番目の部屋と三番目の部屋を隔《へだ》てる壁に、四角い横長の穴がある。たった今、出てきたばかりのそこを前にして膝《ひざ》をついた。水の流れが太ももの裏側に当たり、目の前にある四角い穴へ吸いこまれていく。

深く呼吸して、音をたてないよう中に入った。水の流れはゆるやかだ。注意していれば、流されることはない。手足をつっぱれば後ろ向きにでも水に逆らって進むことができる。それはこれまでの経験で知っていた。しかしコンクリートの壁は、穢《けが》れた水のせいか、ぬるぬるした膜《まく》に覆《おお》われて滑《すべ》りやすくなっている。気をつけなくてはいけない。

四角いトンネルの中で、水面と天井《てんじょう》の間にはほとんど隙間《すきま》がない。三番目の部屋で何が行なわれているのか見るためには、トンネルの中に潜《ひそ》み、水中で目を開けているしかなかった。

汚《よご》れた水の中でそうすることは気がひけたが、ぼくは目を開けた。手足をつっぱって、体をトンネルの中に保ち、三番目の部屋へ出る直前にとどまる。全身の皮膚《ひふ》の表面へ水が絡《から》みつくようにぶつかり、前方へと消えていく。濁《にご》った水越《ご》しに、ほのかな四角い形の明かりが見える。三番目の部屋にある電球のものだった。

水流の音に混じり、機械の音がする。

水の濁りのせいでよく見えないが、黒い人影《ひとかげ》が動いている。

ぼくの頰《ほお》のそばを、何か腐《くさ》ったものにしがみついた蛆虫《うじむし》の塊《かたまり》が流れて過ぎ去った。

もっとよく見ようと、ぼくはさらにトンネルの出口付近に近づこうとした。

手足が滑った。すぐに指先へ力をこめてふんばる。壁《かべ》に付着していた滑りやすい膜が指をついた部分だけずるずると剝離《はくり》し、壁に線状の模様ができた。思いのほか水に流されたすえに、体がようやく止まる。頭が、トンネルから出てしまった。

ぼくは見た。

さっきまで話をしていた女の人が、血と肉の山になっていた。

これまで閉まっていたところしか見たことのなかった鉄の扉《とびら》が開いていた。内側は平らなのに、外側には閂《かんぬき》が見える。みんなを部屋に閉じ込め、死ぬ瞬間《しゅんかん》まで一人にしておくための閂だ。

男が、いた。人間の死体とも言えないような赤い塊の前に立って、ぼくの方には背中を向けていた。もしも正面を向いていれば、すぐに気づかれていただろう。

顔を見ることはできなかったが、手に、激しく音を出している電動のこぎりを持っていた。時々、扉の向こう側から聞こえていた機械の音はこれだったのだと気づく。男は棒立ちになったまま無感動に、それを幾度《いくど》も目の前に突《つ》き刺《さ》して細かくしている。その瞬間ごとに、ぱっと、飛び散る。

部屋中が、赤い。

不意に、電動のこぎりの音が部屋の中から消えた。ただ溝を流れる水の音だけが、ぼくと男の間にあった。

男が、振《ふ》り返ろうとした。

ぼくは滑るトンネルの壁に爪《つめ》をたて、あわてて後退する。男に気づかれてはいないと思う。しかし、一瞬でも遅《おく》れていたら目があっていただろう。

二番目のだれもいない部屋に戻《もど》った。しかし、そこも安全とは言えなかった。新しく人が入れられるため、いつ扉が開けられるかわからない。置いていた手帳を拾い、一番目の部屋に向かった。三番目の部屋を通り抜《ぬ》けて姉のいる部屋に行くことは不可能だったからだ。

一番目の部屋に閉じ込められている女の人のそばに並んで座った。

「何を見たの？」

ぼくがあまりにもひどい顔をしていたのだろう。彼女は尋《たず》ねた。昨晩のうちに連れてこられていた、一番、新しい住人だ。すでにこの七つの部屋の法則は説明していたが、たった今、見たことを説明することができなかった。

三番目の部屋の女性にもらった手帳を開き、中を読む。水の中をくぐったのでページ同士がぬれてくっつき、めくるのに苦労した。紙はしわくちゃになっていたが、文字は判読できた。両親に向けて長い文章が書かれていた。「ごめんなさい」という言葉が繰《く》り返しあった。

●六日目・木曜日

あの男の人に会ってしまうのが恐《おそ》ろしくて、しばらくの間、四番目の部屋に戻ることができなかった。一晩、一番目の部屋で過ごした。その部屋にいた女の人はぼくがいることを心から歓迎《かんげい》し、朝食の食パンを多くくれた。それを食べながら、姉が心配しているにちがいないと思っていた。

ようやく姉のいる部屋に戻る決心がついて、溝《みぞ》のトンネルをくぐると、二番目の部屋に新しく人が入れられていた。最初にぼくを見た人が例外なくそうするように、その女の人も驚《おどろ》いていた。

三番目の部屋は空っぽで、血も掃除《そうじ》されていた。ぼくは、昨日いっしょに話をした人の存在を少しでも匂《にお》わせるものを探したが、何も見つからない、空虚《くうきょ》なコンクリートの部屋だった。

四番目の部屋に戻ると、姉がぼくに抱《だ》きついた。

「見つかって殺されたのだと思ってた!」

姉は、食パンを食べずにぼくを待っていてくれた。

今日、六日目の木曜日、ぼくと姉が殺される番のはずだった。

ぼくは、今まで一番目の部屋にいたことや、食事をわけてもらったことなどを説明した。姉に申し訳なくて、食パンをぜんぶ食べてもいいよぼくはもう食べたから、と言うと、姉は目を赤くして、馬鹿《ばか》ね、と言った。

それから、三番目の部屋の人が殺されるとき、溝の中に隠《かく》れて犯人の顔を見ようとがんばったことを説明した。

「なんて危ないことするの！」

姉は怒《おこ》った。しかし、話が扉のことになると、だまって真剣《しんけん》に聞いた。

姉は立ちあがり、部屋の壁にはまっている鉄の扉を手で触《さわ》った。強く、一度だけ拳《こぶし》で叩《たた》く。部屋に、重い金属の塊とやわらかい皮膚のぶつかる音が響《ひび》いた。

取っ手も何もない扉は、ほとんど壁と同じだった。

「……本当に扉の向こう側は門だったの？」

ぼくはうなずいた。扉は部屋の内側から見て、右側に蝶番《ちょうつがい》がはまっている。部屋の内側に開き、溝に潜《ひそ》んでいたぼくからはしっかりと扉の表側が見えた。横へスライドするタイプの頑《がん》丈《じょう》そうな門が、確かにあった。

ぼくはあらためて扉を眺《なが》める。壁の中央ではなく、左手よりに扉が取りつけられている。

姉は恐《こわ》い顔で扉を睨《にら》みつけていた。

姉の腕《うで》時計を見ると、もう昼の十二時だった。夕方、犯人がぼくと姉を殺しにくるまで、あと六時間しかない。

ぼくは部屋の片隅《かたすみ》に座って、もらった手帳を眺めていた。両親のことが書かれていたので、ぼくも親に会いたくなった。みんな、心配しているはずだった。家で夜、眠《ねむ》れないとき、母がよくミルクをレンジで温めてくれたことを思い出す。昨日、汚《きたな》い水の中で目をあけたためか、涙《なみだ》が流れると痛んだ。

「このままじゃすまさない……、このままじゃ……」

姉は静かに、憎《にく》しみのこもった声を扉に向かってつぶやき続けていた。手が震《ふる》えていた。振り返ってぼくを見たときの姉の顔は、壮絶《そうぜつ》で、目の白い部分が獰猛《どうもう》に光っているように見えた。

昨日までの力がこもっていない瞳《ひとみ》ではなかった。まるで何かを決心したような表情だった。

姉は再度、犯人の体格や持っていた電動のこぎりについてぼくに問いただした。犯人が襲《おそ》いかかってきたとき戦うつもりなのだ、とぼくは思った。

男が使っていた電動のこぎりは、ぼくの背丈《せたけ》の半分ほどもあった。地響《じひび》きのような音をたて、刃《は》の部分が高速で回転する。姉は、そんなものを持った男と、どうやって戦うのだろう？　でも、そうしなければぼくたちは死ぬのだ。

姉は腕時計を見る。

じきに、あいつがやってきて、ぼくたちを殺す。それが今いるこの世界でのルールなのだ。必ず訪れる、絶対の死。

姉は、溝をくぐってみんなと話をしてくるようぼくに言いつけた。

時間はすぐに過ぎ去る。

溝の中を、これまでどれぐらいの人の体が漂《ただよ》って流れたのだろう。ぼくはその穢《けが》れた水の中にもぐり、四角いコンクリートの穴を通り抜け、部屋を移動した。

ぼくと姉のほかに、あの男に閉じ込められているのは五人だった。その中で、溝の水が赤く濁《にご》り、かつて人間だったいろいろな破片が流れていくのを見た者は、ぼくたちの部屋より下流にいる三人だ。

部屋を訪ね、挨拶《あいさつ》をする。みんな、今日がぼくと姉の番であることを知っている。口元を押さえて悲しんでくれる。あるいはやがて自分もそうなるのだと絶望した顔をする。ぼくだけでも別の部屋に移動して逃《に》げていればいいとすすめる人もいた。

「これを持って行って」

五番目の部屋にいた若い女の人は、白いセーターを、パンツだけのぼくに手渡《てわた》した。

「ここ、暖かいからセーターは必要ないの……」

そしてぼくを強く抱きしめた。

「幸運が、あなたとお姉さんに訪れますように……」

　そう言うと彼女は喉《のど》を震わせた。

　やがて、六時が訪れようとしていた。

　ぼくと姉は、部屋の角に座っていた。扉《とびら》のあるほうとは反対側の壁《かべ》と、五番目の部屋を隔《へだ》てている下流側の壁との、ちょうど角になった部分だ。そこが扉から一番、遠い場所だった。ぼくが角に座り、姉はそんなぼくを壁とはさみこむように座っている。ぼくたちは足を投げ出していた。姉の腕《うで》がぼくの腕に当たり、体温が伝わってくる。

「外に出たら、まず何をしたい？」

　姉が尋《たず》ねた。外に出たら……、そのことはこれまであまりにも考えすぎて、答えがありすぎた。

「わからない」

　でも、両親に会いたい。深呼吸をしたい。チョコレートを食べたい。したいことは無数にあった。たぶん、それが叶《かな》ったら、ぼくは泣き出すと思う。そう姉に伝えると、やっぱり、という表情をした。

　ぼくは腕時計をちらりと確認した。それから、姉が部屋の電球を見ていたので、ぼくもそれを見た。

　この部屋に閉じ込められるまで、ぼくと姉は喧嘩《けんか》ばかりしていた。どうしてぼくには姉なんて生き物が存在するのだろうかと考えたこともある。毎日、罵《ののし》って、お菓子《かし》が一人分だけあれば奪《うば》い合った。

それなのに今こうしていると、ただそこにいるというだけで、力強くなってくる。腕を伝わってくる熱い体温が、この世界にいるのはぼく一人じゃないんだと宣言してくれる。

姉はあきらかに、他の部屋にいた人たちと違《ちが》っていた。今まで考えたこともなかったが、ぼくがまだ赤ちゃんのころから姉はぼくのことを知っていたのだ。それは特別なことのように思う。

「ぼくが生まれてきたとき、どう思った？」

そう質問すると、姉は、急に何を言い出すのだろう、という顔でぼくを見た。

「何これ、って思ったわ。最初に見たとき、あんたはベッドの上にいたのよ。とても小さくて泣いていたの。正直、私に何か関係あるものだとは思えなかったわね」

それからまた、しばらく沈黙《ちんもく》する。会話がないのではなかった。電球が淡《あわ》く浮《う》かび上がらせるコンクリートの箱の中、水の音だけが静かに流れて、とても深い部分でぼくと姉は言葉を交わしていた気がした。死ぬ、ということが隣《とな》り合わせに迫《せま》っている中で、心の中が冷静に、まるでゆらぎもしない静かな水面のようになっていく。

腕時計を見る。

「用意はいい？」

姉が深呼吸して、聞いた。ぼくはうなずき、神経を張り詰《つ》める。もうすぐだった。溝《みぞ》の中をただ水が流れている。その音のほかに何かが聞こえないか、ぼくは耳をすませた。その状態で数分が過ぎたとき、遠くから、いつも聞こえていた靴《くつ》の音がぼくの鼓膜《こまく》を小さく震《ふる》わせた。姉の腕を触《さわ》ると、顎《あご》をひいて、もう時間なのだということが伝わった。ぼくが立ちあがると、姉も腰《こし》をあげる。

靴音がこの部屋に近づいてくる。

姉の手がやさしくぼくの頭に載《の》せられ、親指がそっと額に触《ふ》れた。

静かな、それは別れの合図だった。

姉の下した結論。それは、電動のこぎりを持った男と戦っても、所詮《しょせん》は勝ち目がないということだった。ぼくたちは子供で、相手は大人だったのだ。それは悲しいことだけど、事実だった。

扉の下の隙間《すきま》に影《かげ》が落ちる。

ぼくの心臓は破裂《はれつ》するようだった。喉の奥から体内にあるすべてのものが逆流するように思えた。心の中が、悲しみと恐怖《きょうふ》でいっぱいになる。ここに閉じ込められてからの日々が頭の中に蘇《よみがえ》り、死んでいった人たちの顔や声が反響《はんきょう》する。

扉の向こう側で、閂《かんぬき》の抜《ぬ》かれる音。

姉は、扉から一番離《はな》れた部屋の角を背にして、片膝《かたひざ》をついて待ち構えている。ちらりと、ぼくのほうを見た。これから死が訪れる。

鉄の扉が重く軋《きし》み、開かれると、男が立っている。部屋に入ってきた。

しかしぼくには、顔がよく見えない。ぼんやりと、その男は影のようにぼくの目には写った。死を司《つかさど》り、運んでくるただの黒い人影である。

電動のこぎりが始動する音。部屋中が激しく振動《しんどう》するような騒々《そうぞう》しさに包まれる。

姉は部屋の角で両腕を広げ、背後を決して見せまいとする。

「弟には指一本、触らせない！」

姉が叫《さけ》ぶ。でも、ほとんどその声はのこぎりの音でかき消された。

ぼくは恐《おそ》ろしくて、叫び出したかった。そして、殺される瞬間《しゅんかん》の痛みを想像した。激しく回転する刃《は》に削《けず》られるとき、何を考えさせられるのだろう。

男は、姉の体の陰《かげ》から見え隠《かく》れしているぼくの服を見た。のこぎりを構えて、一歩、姉に近づく。

「こないで！」

姉は両腕を突《つ》き出し、背中をかばって叫んだ。あいかわらず声はかき消されたが、そう叫んだはずだった。なぜなら事前に、そう言うことを決めておいたからだ。

男がさらに姉へ近づき、回転するのこぎりの刃を姉の突き出した手にぶつけた。

一瞬《いっしゅん》、血のしぶきが空気に撒《ま》き散らされる。

　もちろん、すべてははっきりと見えたわけではなかった。男の姿も、姉の手が破裂する瞬間も、ぼくにはぼんやりとしか見えなかった。なぜなら濁《にご》った水越《ご》しにしか、部屋の中の様子を見ることができなかったからだ。

　ぼくは隠れていた溝のトンネルから這《は》い出し、犯人が開け放していた扉《とびら》から出た。扉を閉めて、閂をかける。

　部屋の中にあった電動のこぎりの音が、扉にはさまれて小さくなる。部屋の中には、姉と、犯人の男だけが残った。

　姉がぼくの頭に手を載せ、親指でそっと額に触ったときが、ぼくたちの、別れの合図だった。ぼくは次の瞬間、急いで溝の上流側のトンネルに足から体を潜《ひそ》ませていた。上流側に隠れたのは、下流側よりも扉に近かったからだ。

　姉の考えた賭《か》けだった。

　姉は部屋の角で、ぼくの服だけを背中にかばうようにして犯人をひきつける。その間にぼくは、扉から出る。ただそれだけだ。

　ぼくの服は、本当に中身があるようにみせかけなければいけなかった。そのため、みんなからそれぞれ服をわけてもらい、中につめた。本当に小手先の騙《だま》しで、通じるのかどうか不安だったけど、数秒間ならきっと大丈夫《だいじょうぶ》だと姉は勇気づけた。ぼくをかばうように、姉は演技しながらその服のかたまりをかばっていたのだ。

姉は、扉から一番、遠い位置で構え、犯人をおびき寄せる。溝のトンネルから這い出すぼくの方を犯人が見ないように注意もひきつけておく。

犯人が姉にのこぎりの歯を当てようと充分《じゅうぶん》に近づいた瞬間、ぼくは溝から出て、立ちあがり、扉から出る……。

閂をおろした瞬間、全身が震えた。殺されようとする姉を残して、ぼくは一人だけ、外に出たのだ。姉はぼくを逃《に》がすために、あの電動のこぎりから逃げ惑《まど》うことなく、部屋の角で演技し続けたのだ。

閉ざした扉の向こう側で、電動のこぎりの音がやんだ。

だれかが内側から扉を叩《たた》く。姉の手は切られたから、きっと、犯人の男だろうと思った。

もちろん、扉は開かない。

中から、姉の笑い声が聞こえた。高く、劈《つんざ》くような声だった。いっしょに閉じ込められて戸《と》惑《まど》っている犯人へ向けた、勝利を示す笑い声だった。

それでも姉は、おそらくこの後で男に殺されるのだろう。二人だけで部屋に閉じ込められたのだから、これまでにない残忍《ざんにん》なやりかたで、殺されるにちがいない。それでも姉は、ぼくを外に逃がすことで、犯人を出し抜いたのだ。

ぼくは両側を見た。おそらくここは地下なのだろう。窓のない廊下《ろうか》が続いている。一定の距《きょ》離《り》をおいて、暗闇《くらやみ》を照らす電灯と、閂のおろされた扉が並んでいる。扉は全部で七つあった。

四番目以外の扉の閂を外して開けていった。三番目の部屋にはだれもいないはずだったが、同じように開けた。その部屋でも多くの人が殺されたのだから、そうしなければいけない気がした。

中にいた人々は、それぞれぼくの顔を見て、静かにうなずいていた。だれひとり、素直に喜ぶ人はいなかった。この計画のことは、みんなに話している。ぼくが外に出ることができたということは、今、この瞬間に姉が殺されかけているということだ。それを、みんなは知っている。

五番目の部屋から出た女の人は、ぼくを抱《だ》きすくめて泣いた。それからみんなで、ただひとつ閉ざされたままの扉の前に集まった。

中から、まだ姉の笑う声が聞こえてきた。

電動のこぎりの音が再開する。男は、鉄の扉をのこぎりで切ろうとしているのか、金属の削《けず》れる音が響《ひび》く。しかし、扉が切断される様子はない。

扉を開けて姉を助けようと言うものはだれもいなかった。事前に、姉がぼくの口を使ってみんなに説明していた。きっと犯人から返り討ちされるだけだろうから、部屋から出られたらすぐに逃げなさい、と。

ぼくたちは、姉と殺人鬼《さつじんき》の閉じ込められた部屋を残して立ち去ることにした。

　地下の廊下を抜《ぬ》けると、上りの階段が見えてくる。それを上がったところは太陽の輝《かがや》く外の世界のはずだ。薄暗《うすぐら》く、憂鬱《ゆううつ》で、寂《さび》しさの支配する部屋からぼくたちは脱出《だっしゅつ》するのだ。

　ぼくは涙《なみだ》がとまらなかった。首から十字架《じゅうじか》のついたネックレスを下げ、片手に両親への謝罪が書かれた手帳を持っている。そして手首には、姉の形見である腕《うで》時計をはめていた。防水されていない腕時計で、水の中に隠《かく》れたとき、壊《こわ》れてしまったのだろう。針はちょうど午後の六時を指したまま動くのをやめていた。

『わらいカワセミにはなすなよ』
作詞・サトウハチロー
作曲・中田喜直

JASRAC　出0200091-201

ミステリ・アンソロジーII

殺人鬼《さつじんき》の放課後《ほうかご》

恩田《おんだ》 陸《りく》　小林泰三《こばやしやすみ》
新津《にいつ》きよみ　乙一《おついち》

角川文庫　12322

平成十四年二月一日　初版発行

発行者――角川歴彦
発行所――株式会社角川書店
東京都千代田区富士見二―十三―三
電話　編集部(〇三)三二三八―八六九四
　　　営業部(〇三)三二三八―八五二一
〒一〇二―八一七七
振替〇〇一三〇―九―一九五二〇八

印刷・製本――e―Bookマニュファクチュアリング
装幀者――杉浦康平

S 901-2　　ISBN4-04-426902-5　C0193

角川文庫発刊に際して

角　川　源　義

第二次世界大戦の敗北は、軍事力の敗北であった以上に、私たちの若い文化力の敗退であった。私たちの文化が戦争に対して如何に無力であり、単なるあだ花に過ぎなかったかを、私たちは身を以て体験し痛感した。西洋近代文化の摂取にとって、明治以後八十年の歳月は決して短かすぎたとは言えない。にもかかわらず、近代文化の伝統を確立し、自由な批判と柔軟な良識に富む文化層として自らを形成することに私たちは失敗して来た。そしてこれは、各層への文化の普及滲透を任務とする出版人の責任でもあった。

一九四五年以来、私たちは再び振出しに戻り、第一歩から踏み出すことを余儀なくされた。これは大きな不幸ではあるが、反面、これまでの混沌・未熟・歪曲の中にあった我が国の文化に秩序と確たる基礎を齎らすためには絶好の機会でもある。角川書店は、このような祖国の文化的危機にあたり、微力をも顧みず再建の礎石たるべき抱負と決意とをもって出発したが、ここに創立以来の念願を果すべく角川文庫を発刊する。これまで刊行されたあらゆる全集叢書文庫類の長所と短所とを検討し、古今東西の不朽の典籍を、良心的編集のもとに、廉価に、そして書架にふさわしい美本として、多くのひとびとに提供しようとする。しかし私たちは徒らに百科全書的な知識のジレッタントを作ることを目的とせず、あくまで祖国の文化に秩序と再建への道を示し、この文庫を角川書店の栄ある事業として、今後永久に継続発展せしめ、学芸と教養との殿堂として大成せんことを期したい。多くの読書子の愛情ある忠言と支持とによって、この希望と抱負とを完遂せしめられんことを願う。

一九四九年五月三日

確率の連続殺人!?
期待の新鋭がしかける、
精緻で残酷な罠!

幾種もの輝きを秘めた原石の魅力が、確かにここにはある。——綾辻行人

第五回角川学園小説大賞
ヤングミステリー&ホラー部門 奨励賞受賞

匣《はこ》庭《にわ》の偶《ぐう》殺《さつ》魔《ま》

Masayuki Kitanozaka
北乃坂柾雪

スニーカー文庫

第五回角川学園小説大賞
ヤングミステリー&ホラー部門
奨励賞受賞

氷菓

米澤穂信
Honobu Yonezawa

イラスト：上杉久代

『氷菓』に封印された三十三年前の〈悲しい出来事〉
——青春ミステリに新星登場！

スニーカー文庫

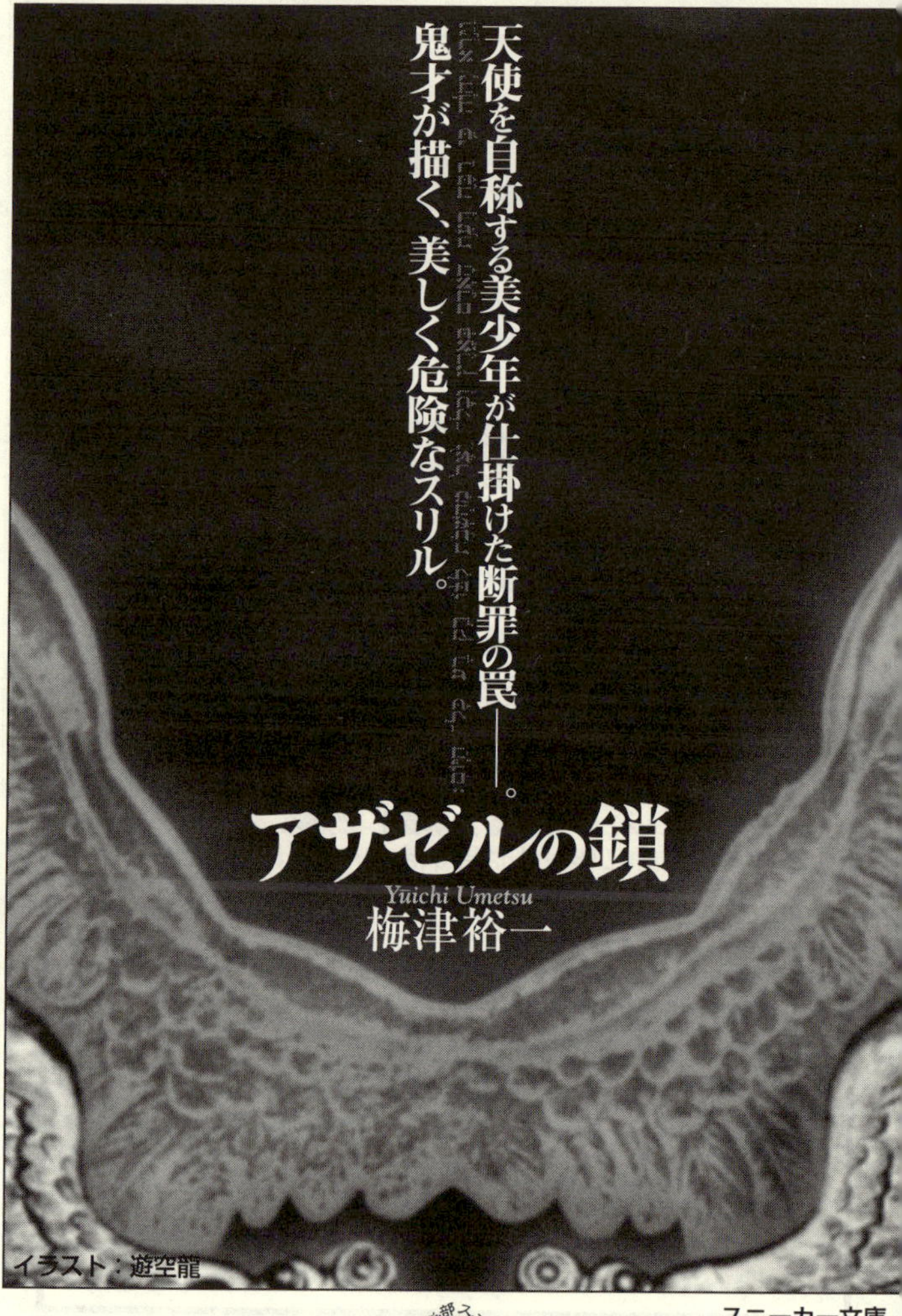
天使を自称する美少年が仕掛けた断罪の罠――。
鬼才が描く、美しく危険なスリル。
アザゼルの鎖
Yuichi Umetsu
梅津裕一
イラスト：遊空龍

スニーカー文庫